Manfred Mai
Hinter der Wolke keine Sonne

Manfred Mai

Hinter der Wolke
keine Sonne

Roman

Spectrum Verlag Stuttgart

Für Melanie

© 1981 by Spectrum Verlag
Alle Rechte vorbehalten
Einbandgestaltung: Hermine Ellwanger
Satz: Remsdruckerei Schwäbisch Gmünd
Druck und Bindung: Ebner Ulm
ISBN 3-7976-1362-8

1.

Carola öffnet die Augen.
Rüdiger liegt neben ihr.
Sagt nichts.
Tut nichts.
Als ob nun alles vorbei wäre.
Kein Wort streichelt Carola.
Keine Hand.
Dabei wünscht sie sich nichts sehnlicher.
Seine Worte.
Seine Hände.
Seine Lippen.
Seine Augen.
Doch Rüdiger liegt einfach neben ihr.
Er schaut auf die Uhr. »Es ist gleich eins.«
Carola steht auf und zieht sich an, ohne ein Wort zu sagen.
Er zieht sich ebenfalls an.
»Hast du alles?«
Sie antwortet nicht.
Er öffnet die Tür und legt gleichzeitig einen Finger auf den Mund. »Pssst, damit meine Eltern nicht aufwachen.«
Sie gehen vorsichtig durch den Flur.
Auch im Treppenhaus reden die beiden nicht.
Erst als sie bei seinem Wagen angekommen sind, sagt Rüdiger: »Wir haben morgen ein schweres Spiel.«

Wenn ich das schon höre.
Ein schweres Spiel!
Immer dieser blöde Fußball.
Und sein Auto.
Alles andere zählt anscheinend nicht.

Wie ausgestorben wirkt B. um diese Zeit. Es ist kaum noch jemand unterwegs.
Rüdiger hält sich nicht an die Geschwindigkeitsbegrenzung. Er achtet auch nicht darauf, daß Carolas Hand den Haltegriff umklammert.
»Gott sei Dank«, murmelt sie, als er vor dem Haus ihrer Eltern hält, »bei uns ist alles dunkel.«
»Na siehst du.« Rüdiger beugt sich zu ihr hinüber und gibt ihr einen Kuß. »Ich hol dich morgen ab.«
Sie nickt.
»Schlaf gut.«
»Du auch.«

2.

Carolas Mutter ruft schon zum zweiten Mal. »Carola! Es ist gleich neun!«
Carola dreht sich auf die andere Seite und tut so, als hätte sie nichts gehört. Sie ist noch müde, möchte weiterschlafen, weiterträumen.
»Carola!! Hörst du nicht?!«
Nein, sie hört nicht, will nicht hören. Zieht sich die Decke, unter der es so schön weich und warm ist, über den Kopf.
Sie versucht, den Traum wieder einzufangen, die letzten Bilder zurückzurufen. Es gelingt nicht. Die Schritte der Mutter drängen sich dazwischen, Schritte, die immer näher kommen.
Mit einem Ruck wird die Tür aufgestoßen. »Was ist denn heute wieder los?! In einer halben Stunde beginnt der Gottesdienst«, ruft sie ungehalten und zieht Carola die Decke weg. »Es ist höchste Zeit.«
Carola winkelt die Beine an und rollt sich zusammen wie ein Baby.
»Gib mir die Decke wieder.«
»Ich denke nicht daran. Wer sich bis spät in die Nacht herumtreibt, der kann auch morgens um neun Uhr aufstehen.«
»Ich kann heute nicht, mir ist nicht gut.«
»Ja, ja, das kennen wir nun ja schon. Wahrscheinlich habt ihr wieder geraucht und getrunken.« Sie riecht an Carolas Kleidung. »Natürlich.«
Carola greift nach der Decke.

»Wo warst du eigentlich so lange?«
»Im ›Go in‹, das weißt du doch.«
»Die halbe Nacht? Das kannst du jemand anderem erzählen.«
»Warum fragst du mich überhaupt, wenn du mir sowieso nicht glaubst?«
»Sei nicht so frech! Ich will sofort wissen, wo du heute nacht warst!«
Carola dreht sich zur Wand.

> *Jetzt geht es schon wieder los.*
> *Jedesmal dieselbe Litanei.*
> *Dabei weiß sie doch ganz genau,*
> *wo ich war.*
> *Es ist zum Kotzen!*

»Ich bin mit Susanne nach Hause gegangen, wenn du es genau wissen willst. Sie hat sich mit Charly gestritten. Da konnte ich sie doch nicht alleine lassen.«
»Und das soll ich glauben?«
Carola antwortet nicht mehr.
»Darüber reden wir später noch.« Die Mutter öffnet das Fenster. »Los jetzt, steh endlich auf!«
Carola weiß, daß ihre Mutter keine Ruhe geben wird, bis sie aufsteht. Sie springt aus dem Bett und zieht das lilafarbene Kleid aus dem Schrank, weil sie noch keine Lust hat, über die Nachteile von vergammelten Jeans und die Vorteile eines schönen Kleides zu streiten. Sie bekommt jetzt schon eine Gänsehaut, wenn sie an die kalte Kirche denkt.

»Diesen Tag muß ich im Kalender wohl rot anstreichen«, sagt die Mutter.
Carola reagiert nicht. Sie drückt sich an ihr vorbei ins Bad.
»Beeil dich, sonst mußt du ohne Frühstück gehen«, ruft die Mutter ihr durch die geschlossene Tür zu.
Aus dem Spiegel schaut ein fleckiges Gesicht mit verquollenen Augen und zwei frischen Pickeln. Einer davon sitzt genau zwischen den Augen und glänzt unverschämt rot. Carola versucht ihn auszudrücken. Er ist noch nicht reif genug.
Sie läßt kaltes Wasser in die Hände fließen und taucht ihr Gesicht hinein. Drei-, viermal. Dann tupft sie es mit einer Reinigungsmilch ab, wäscht mit lauwarmem Wasser nach, greift nach der Hautcreme und verdeckt schließlich die Pickel mit einer Pickelsalbe.
Ein wenig Lidschatten soll verhindern, daß die dunklen Ringe unter den Augen auffallen. Nur nicht zu dick auftragen, sonst gibt es gleich wieder Diskussionen.

Im Eßzimmer sitzt die Mutter und hört die Sonntagspredigt. Das Frühstücksgeschirr der andern ist schon weggeräumt. Nur an Carolas Platz steht noch eine Tasse und ein Teller mit einem Stück Kuchen.
Die Mutter schenkt ihr Kaffee ein.
»Vater und Jochen sind schon unten.«
»Nicht einmal am Sonntag kann man richtig ausschlafen.«
»Wenn du früher ins Bett gehen würdest, hättest du um neun ausgeschlafen.«

Carola erwidert nichts, trinkt die Tasse Kaffee im Stehen.
»Iß wenigstens das eine Stückchen.«
»Hab keinen Hunger.«
Die Mutter schüttelt den Kopf. »Du wirst schon sehen, wohin das noch führt.«
Carola trägt ihre Tasse und den Teller in die Küche.
»Wo bleibst du denn?« ruft Jochen, ihr 14jähriger Bruder.
»Sie kommt sofort«, antwortet die Mutter.
»Mann, du siehst vielleicht aus«, empfängt Jochen seine Schwester.
»Halt die Klappe.« Sie setzt sich in den Wagen. »Morgen, Vati.«
»Morgen.« Er startet den Motor und fährt los.
Jochen wendet sich um und grinst. »Mit so einem Gesicht würde ich mich nicht unter die Leute trauen.«
»Du sollst deine Schwester in Ruhe lassen«, fordert ihn der Vater energisch auf. »Und schnall dir endlich den Sicherheitsgurt um.«
Jochen dreht sich enttäuscht nach vorne.
Den Rest der Fahrt legen sie schweigend zurück.

Es sind fast immer dieselben, die zum Jugendgottesdienst kommen. Nur selten sieht man ein neues Gesicht. Carola zwängt sich in die vorletzte Reihe, direkt hinter eine der Säulen, die die Empore tragen. Nicht nur, damit der Pfarrer sie nicht so gut sehen kann.
Nach dem gemeinsamen Lied und einem Gebet predigt er über das Thema »Lieben heißt loslassen können«.

Obwohl Carola sich anfangs mit ihrem Notizbüchlein beschäftigt, hört sie nebenbei, was der Pfarrer sagt. Plötzlich stutzt sie.
». . . wir sehen also: wer nicht loslassen will, was er liebt, will es besitzen. Besitzenwollen und lieben sind aber zwei nicht zu vereinbarende Dinge.
Noch schlimmer ist es, wenn Menschen einander besitzen wollen. Denken wir zum Beispiel an die Mutter, die ihr Kind so sehr liebt, daß sie es keinen Schritt allein machen läßt, ihm alle Schwierigkeiten aus dem Weg räumt, ihm alle Wünsche erfüllt, es Tag und Nacht behütet und beschützt. Was ist die Folge einer so verstandenen Liebe? Das Kind wird unselbständig, es ist abhängig von der Mutter, auch wenn es älter wird; es hat nicht gelernt, mit Schwierigkeiten zu leben, sie zu meistern; oder anders gesagt: es hat nicht gelernt zu leben.
Nehmen wir ein anderes Beispiel: Zwei junge Menschen lernen sich kennen und lieben. Der junge Mann zeigt seiner Freundin deutlich, daß er es nicht gerne sieht, wenn sie sich mit ihrem alten Freundeskreis trifft oder allein etwas unternimmt. Du gehörst jetzt zu mir, sagt er. Und das will sie auch. Aber soll sie deswegen alles aufgeben, was ihr bisher wichtig war? Und damit auch einen Teil von sich selbst?
Bei allen Einschränkungen, Kompromissen und Verzichten, die nötig sind, wenn man einen Partner hat – das zu verlangen, ist der sicherste Weg, die Liebe zu ersticken.
Auch wenn zwei Menschen sich lieben und gemeinsam durchs Leben gehen wollen, ist doch jeder von ihnen ein

eigenständiges Individuum. Das zu respektieren, setzt Vertrauen voraus, die Basis jeder Liebe. Lieben heißt loslassen können, nicht besitzen wollen . . .«
Carola fällt ein, wie oft sie Rüdiger schon Vorhaltungen wegen seiner Fußballspielerei gemacht hat. Sie denkt daran, daß sie ihn einmal beinahe vor die Wahl gestellt hätte: Ich oder der Fußball. Sie ist immer noch sicher, daß Rüdigers Entscheidung zu ihren Gunsten ausgefallen wäre. Aber ihr ist nach den Worten des Pfarrers auch klar, was das bedeutet hätte.
Als die andern mit dem Vaterunser beginnen, steht Carola schnell auf. Sie schaut sich verlegen um, aber niemand beachtet sie.

Draußen im Wagen warten schon die Eltern. Der Vater winkt. Am Sonntag fährt die Familie gemeinsam zum Mittagessen in den »Goldenen Ochsen«. Carola ist froh darüber, weil sie dadurch ihrer Mutter nicht beim Kochen und Spülen helfen muß. Jochen freut sich auch; ihm schmeckt es im Gasthaus viel besser als zu Hause.
»Na«, empfängt die Mutter die beiden, »worüber hat der Pfarrer heute gepredigt?«
Jochen zieht die Achseln hoch.
»Und du hast natürlich auch nicht aufgepaßt. Wozu geht ihr eigentlich in die Kirche?«
»Das ist eine sehr intelligente Frage.« Carola verdreht die Augen.
»Carola, bitte!« Der Vater will keinen Streit.
»Stimmt doch.«
»Was man sich heute von seinen Kindern alles gefallen

lassen muß; wir hätten uns das früher nicht erlauben dürfen!«
»Oh nein! Nicht schon wieder!« Carola und Jochen halten sich demonstrativ die Ohren zu.

Im »Goldenen Ochsen« ist für die Familie Schreiber ein Tisch reserviert, und alle vier setzen sich an die gewohnten Plätze. Es sind erst wenige Gäste im Lokal; ein Pärchen und sechs Männer am Stammtisch.
Die Bedienung bringt vier Speisekarten.
»Ich brauch keine Karte, ich möchte ein Schnitzel mit Pommes frites.«
»Jochen«, sagt die Mutter vorwurfsvoll.
»Friß mich nur nicht gleich auf.«
Der Vater räuspert sich laut und wirft Jochen einen kurzen Blick zu.
»Ich habe das Schnitzel schon notiert«, sagt die Bedienung lächelnd. »Und was darf ich Ihnen zu trinken bringen?«
»Wie immer«, antwortet der Vater, »oder hat jemand einen besonderen Wunsch?«
Niemand.
»Also ein Pils, einen Apfelsaft und zwei Cola«, stellt die Bedienung fest, wartet noch einen Augenblick und wendet sich ab.
Jochen beginnt, mit den Bierdeckeln zu spielen, während die andern in den Speisekarten blättern.
»Kannst du nicht mal fünf Minuten ruhig sitzen!« zischt die Mutter.
Er schiebt die Bierdeckel weit von sich, setzt sich auf-

recht hin, faltet die Hände und starrt an die Decke.
»Benimm dich endlich!«
Bevor er seinem Vater etwas erwidern kann, bringt die Bedienung die Getränke. »Zum Wohl.« Mit Notizblock in der einen und Kugelschreiber in der anderen Hand wartet sie auf die Bestellungen.
»Ich nehme einen Jägerbraten«, sagt der Vater.
»Und ich wieder ein Rahmschnitzel«, sagt die Mutter, »da schmeckt die Soße besonders gut.«
»Cordon bleu.«
Jochen sieht seine Schwester an, als habe sie etwas Unanständiges gesagt.
»Und du bleibst bei dem Schnitzel mit Pommes frites?«
»Klar.«
Die Bedienung sammelt die Speisekarten wieder ein. Nun muß die Zeit bis zum Essen überbrückt werden. Der Vater zündet sich eine Zigarette an und schaut angestrengt zum Fenster; Jochen nuckelt pausenlos an seiner Cola. Carola dreht ihren silbernen Ring. Sie braucht die Mutter gar nicht anzuschauen, sie kennt den Blick, mit dem diese alle unter Kontrolle hat.
»Ich fahr nicht mit nach Meran.« Carola sagt es ganz leise. Es dauert einen Moment, bis die andern begreifen.
»Dann fahr ich auch nicht mit«, ruft Jochen.
»Ihr seid wohl verrückt geworden«, sagt die Mutter lauter, als ihr selber recht ist. »Das kommt überhaupt nicht in Frage.«
»Außerdem sind die Zimmer längst bestellt«, unterstützt sie der Vater.
»Ich will nicht wieder nach Meran; jedes Jahr in dieselbe

Pension, dieselben Leute treffen, dieselben Wanderungen machen, dieselben Berge bewundern, dieselben Gaststätten besuchen – seit fünf Jahren! Ich kann das alles nicht mehr sehen, mir hängen die Berge zum Hals heraus.«
»So, dir hängt das alles zum Hals heraus, und wir wahrscheinlich auch. Wir sind ja alt und verkalkt, mit uns kann man natürlich nicht mehr in Urlaub fahren . . .«
»Aber Mutti . . .«
»Soll ich dir mal was sagen, du willst nur mit deinem Rüdiger allein irgendwo hinfahren, damit ihr tun und lassen könnt, was ihr wollt. Aber da hast du dich verrechnet.«
»Seid doch nicht so laut.«
»Ist doch wahr«, sagt die Mutter kaum leiser. »Ist gerade siebzehn und will nicht mehr mit den Eltern Urlaub machen. Wir wären mit siebzehn froh und dankbar gewesen, wenn wir überhaupt hätten irgendwo hinfahren dürfen.«
Carola will etwas sagen, doch ihr Vater kommt ihr zuvor: »Schluß jetzt! Jedes weitere Wort ist überflüssig. Wir fahren dieses Jahr selbstverständlich alle nach Meran. Über den nächsten Urlaub können wir reden, wenn es an der Zeit ist.«
»So weit kommt's noch, daß ich mir von meiner Tochter vorschreiben lasse, wo wir unseren Urlaub verbringen.«
»Nächstes Jahr bin ich achtzehn, dann kann ich machen, was ich will.«
»Jetzt reicht's mir! Wenn ihr unbedingt streiten wollt, dann wartet gefälligst, bis wir zuhause sind!«

3.

Rüdiger hupt zweimal kurz. Wenig später erscheint Carola in der Haustür.
Erst als sie die Wagentür öffnen will, sieht sie, daß der Holzmann hinten drin sitzt. Sie zögert.
»Ist offen!«
Sie steigt ein. »Tag.«
»Tag«, sagt Rüdiger und fährt im selben Moment los.
»Hallo! Na, wie geht's?« fragt der Holzmann.
»Es geht.« Den Holzmann kann Carola leiden wie Zahnschmerzen. Der ist ein großer Angeber; weiß alles besser, versteht alles besser, kann alles besser.
»Wir sind spät dran«, sagt Rüdiger und tritt stärker aufs Gaspedal.
Carola hält sich fest.
»Hast du gestern die Sportschau gesehen?« fragt er über die Schulter.
»Klar.«
»Der Hansi Müller hat die Kölner Abwehr ganz schön vorgeführt. Und sein Tor, einfach klasse! Das bringt sonst in der ganzen Bundesliga keiner.«
»War nicht schlecht«, gibt der Holzmann zu, »aber gegen Breitner und Rummenigge kommt er nicht an . . .«
»Das sind doch ganz andere Spielertypen . . .«
»Breitner ist Bayerns Spielmacher. Der Müller will Spielmacher beim VfB und sogar in der Nationalmannschaft sein. Aber dazu ist er einfach zu weich, auch wenn er am Ball alles kann. Sieh dir mal den Breitner an, wie der rennt und kämpft. Das ganze Spiel läuft über ihn, er

bestimmt das Tempo, er ist der Chef. Breitner und Rummenigge sind allein mehr wert als andere Mannschaften zusammen. Da kann dein Hansi Müller nicht mithalten.«

So geht das dreißig Kilometer lang. HSV, Köln, Eintracht, Bonhof, Tscha Bum, Hrubesch, Beckenbauer, Defensivtaktik, Abseitsfalle, Flügelzange, Kopfballungeheuer, Nürnberg, dann noch eher Schalke oder 1860. Carola hat die Namen schon oft gehört; manche Begriffe und Sätze fallen immer wieder, wenn Rüdiger mit anderen über Fußball spricht; trotzdem versteht sie die Zusammenhänge nicht. Sie interessiert sich nicht für Fußball, fährt nur Rüdiger zuliebe mit.

»Gehst du mit rein?« will er wissen, bevor er aussteigt. Carola hat sich schon während der Fahrt entschieden.

»Ich gehe ein wenig spazieren.«

»Wie du willst.«

»Dann wirst du aber einiges verpassen«, sagt der Holzmann und reibt sich die Hände.

»Darauf kann ich verzichten.«

Sie steigen aus, werfen die Türen zu.

»Ich bin um halb fünf wieder hier.«

»Ist gut.« Rüdiger holt die beiden Sporttaschen aus dem Kofferraum. Er hat es sehr eilig.

Der Sportplatz liegt außerhalb des Städtchens. Eine schmale Straße führt zu einem nahegelegenen Wald. Viele Leute nutzen das sonnige Wetter zu einem Spaziergang, die meisten paar- oder familienweise. Manche stehen in Gruppen zusammen. Männer reden und lachen mit Männern, Frauen mit Frauen. Die Kinder

langweilen sich. Sie zerren an Röcken, Hosenbeinen, Händen und Nerven. Ein Junge will seine Mutter mit aller Kraft weiterziehen und stampft, als diese nicht reagiert, energisch auf den Boden. Da dreht sie sich blitzschnell um, reißt den Jungen an sich und schlägt ihm kräftig auf den Hintern – alles fast gleichzeitig. Ohne ein Wort zu sagen, wendet sie sich wieder den Frauen zu. Carola geht vom geteerten Weg ab, schlendert über eine abgemähte Wiese, legt sich am Waldrand ins Gras und betrachtet die weichen Bewegungen der Äste über ihr. Plötzlich schreckt sie hoch. Wenige Meter von ihr entfernt rennt ein junges Mädchen kreischend aus dem Wald, dicht gefolgt von einem Mann. Als er schon die Hand nach ihr ausstreckt, schlägt sie einen Haken, und er greift ins Leere. Sie stoppt, bleibt stehen, beide Hände auf die Knie gestützt, atmet schwer – und strahlt ihn an. »Warte nur!« ruft er, geht im John Wayne-Stil auf sie zu, schlingt die Arme um sie, hebt sie hoch und dreht sich so schnell im Kreis, daß sie fliegt. Es dauert nicht lange, dann werden seine Bewegungen langsamer. Er läßt sich rückwärts auf den Boden fallen und zieht das Mädchen mit sich.
Carola hat den Schrecken inzwischen hinuntergeschluckt. Ihr ist es peinlich, daß sie die beiden beobachtet, aber sie bringt es nicht fertig, wegzusehen. Der Mann erscheint ihr um etliche Jahre zu alt für das Mädchen und viel zu alt, um so mit ihr herumzualbern. Wie ein Zwanzigjähriger! Wie ein Zwanzigjähriger? Wann hat sie Rüdiger zum letzten Mal so erlebt? Carola versucht, sich zu erinnern.

Das Spiel ist schon zu Ende, als sie zum Sportplatz zurückkommt. Vereinzelt stehen noch ein paar Männer beieinander, scheinen das Spiel mit Worten, Armen und Händen noch einmal durchzuspielen. Einige Frauen aus B. warten auf Spieler. Carola hat keine Lust, mit ihnen zu reden; sie setzt sich ins Auto, läßt die Tür offen, öffnet auch das Schiebedach und schaltet das Radio ein. Kurz danach kommt Rüdiger als erster aus der Umkleidekabine. Also haben sie verloren.
»Schlüssel.« Er streckt Carola die Hand entgegen.
»Dort liegt er.«
Rüdiger nimmt ihn, schließt den Kofferraum auf und schmeißt die Tasche hinein.
»Mensch, hetz doch nicht so!« ruft der Holzmann hinter ihm her.
Rüdiger antwortet nicht. Er wartet, bis sein Freund die Tasche in den Kofferraum gestellt hat und knallt den Deckel zu.
Der Holzmann steigt wortlos ein. Rüdiger ebenfalls. Er startet den Motor, tritt das Gaspedal ein paarmal voll durch und fährt los, daß die Frauen und Männer hinter ihnen herschimpfen und die Köpfe schütteln. Nur ein paar Jungs machen anerkennende Bemerkungen.
»Rüdiger«, sagt Carola bittend.
Er nimmt ein wenig Gas weg.

4.

»Fräulein Schreiber, würden Sie so nett sein und mir den Ordner K1/79 aus der Registratur holen?« Herr Gelzer sagt es, ohne dabei von seiner Arbeit aufzusehen.
Carola sitzt an ihrem Schreibtisch, den Kopf auf eine Hand gestützt.
Frau Hornberg räuspert sich, doch Carola hört nichts. Als Herr Gelzer merkt, daß sich Carola nicht rührt, sieht er Frau Hornberg erstaunt an.
»Fräulein Schreiber!« wiederholt er.
»Ja bitte«, sagt sie erschrocken. Man sieht ihr an, daß ihre Gedanken weit weg waren.
»Ich brauche den Ordner K1/79. Würden Sie mir den bitte holen?«
»Selbstverständlich.« Carola ist verlegen und froh, daß sie für ein paar Minuten aus dem Zimmer kann. Herr Gelzer schaut ihr nach und schüttelt leicht den Kopf. »Ein bißchen sehr verträumt, die kleine Schreiber. Finden Sie nicht auch?«
»Bei Mädchen in ihrem Alter ist das nun mal so. Wir waren früher auch nicht anders.«
Die Antwort von Frau Hornberg paßt Herrn Gelzer nicht. Doch bevor er noch etwas sagen kann, hat sie sich wieder ihrer Arbeit zugewandt.

Die Buchhaltung liegt am Ende des langen Korridors. Anfangs ist hinter den meisten Türen geschäftige Betriebsamkeit zu hören. Im letzten Drittel des Korridors wird es stiller. Hier sind die Zimmer der Geschäftsleitung untergebracht. An diesen Türen geht sie besonders zügig vorbei. Zügig bewegen und sich auf den Korridoren nicht mit anderen Betriebsangehörigen zu unterhalten, das hat Carola von ihrem Vater schon gelernt, bevor sie bei der ACBA ihre Ausbildung begann. Er hat ihr auch die Stelle besorgt. Als Abteilungsleiter war das nicht besonders schwer für ihn.

»Die ACBA ist ein krisensicheres Unternehmen einer zukunftsorientierten Branche«, hat er gesagt. »Nicht zu klein, nicht zu groß. Hier erhältst du eine solide kaufmännische Ausbildung. Und wenn du etwas kannst, anschließend einen gutbezahlten Arbeitsplatz.«

Carola war froh, sich nicht wie andere aus ihrer Klasse in mehreren Betrieben vorstellen und überall idiotische Tests und Fragen beantworten zu müssen. Außerdem hatte sie ohnehin keine genauen Vorstellungen davon, was sie einmal werden wollte. Also begann sie eben eine Ausbildung als Industriekaufmann.

Sie öffnet die Tür zur Registratur.

Herr Diltes, ein freundlicher älterer Mann, sitzt hinter einem Schreibtisch und blickt über die gerade noch auf der Nasenspitze hängende Brille.

»Tag, Herr Diltes.«

»Ach du bist es.« Er schiebt seine Brille zurück und erhebt sich schwer. »Das ist aber nett, daß du dich auch mal wieder sehen läßt.«

Carola lächelt. »Ich bin jetzt in der Buchhaltung.«

»Bei dem Gelzer?«

»Mhm.«

Er beugt sich ein wenig vor. »Wenn ich dir einen Rat ge-

ben darf, nimm dich vor dem in acht. Der ist hinterlistig und gemein. Ich habe ihm zu verdanken, daß ich hier drin sitzen muß. Aber das ist eine lange Geschichte.«
Carola hat keine Lust, sich lange Geschichten anzuhören. »Ich muß mich beeilen, Herr Diltes, der Gelzer wartet auf den K1/79.« Sie füllt schnell das Formular aus und gibt es ihm.
»K1/79«, murmelt er und verschwindet hinter einem Regal. An der Stirnseite hängt ein großer Kalender. Carolas Augen tasten die Tage ab. Sie muß wieder zurückrechnen.
Es stimmt.
Neun Tage über die Zeit!
Herr Diltes kommt mit dem Ordner zurück. »So, hier ist er. Bring ihn bitte . . .«
In diesem Augenblick stürmt ein Angestellter aus der Arbeitsvorbereitung herein. »Jetzt reicht's mir«, schreit er Herrn Diltes an. »Wenn ich jemand zu Ihnen schicke, um einen Auftrag zu holen, dann haben sie diesen Auftrag gefälligst herauszusuchen, egal wie spät es ist! Was glauben Sie eigentlich, wer Sie sind! Wenn das noch einmal passiert, sind Sie dran; das verspreche ich Ihnen.«
Bevor Herr Diltes auch nur ein Wort heraus bringt, ist der Mann wieder draußen und knallt die Tür zu.
Die Worte hallen nach.
»Ich bringe den Ordner so schnell wie möglich zurück.« Herr Diltes antwortet nicht, sieht an ihr vorbei zur Tür. Carola geht hinaus, wieder den Korridor entlang.

Der Diltes kann einem leid tun.
Sitzt allein zwischen Hunderten
von Ordnern. Der muß ja verrückt werden.
Was hat er mal gesagt? Seit 31 Jahren
arbeitet er schon bei der ACBA!
Das ist ja fast doppelt so lange
wie ich lebe.
Der wurde einfach in die Registratur
abgeschoben. Muß sich von jedem an-
schreien lassen, ohne sich wehren
zu können.
Oder wehrt er sich doch? Vielleicht
sagt er deshalb manchmal, ein Ordner
sei nicht da, obwohl es gar nicht
stimmt . . .

Edith Birr aus der Einkaufsabteilung kommt ihr entgegen.
»Grüß dich, Carola, wie geht's dir?«
»Ganz gut.«
»Freut mich.«
Schon sind sie aneinander vorüber.
Zügig gehen und sich nicht unterhalten, das ist ein ungeschriebenes Betriebsgesetz.
»Bitte.« Carola legt Herrn Gelzer den Ordner auf seinen Schreibtisch, setzt sich an ihren Platz und holt den nächsten Stapel Kundenkarteikarten aus dem Karteikasten.

Halama & Co., Hallabrin KG, Haller,
Haltinger,

Gebr. Hamann, Hamann & Co., Hamberger OHG . . .
Warum können die nicht alle pünktlich ihre Rechnungen bezahlen? Dann müßte ich nicht hier sitzen und den ganzen Mist überprüfen. Über 800 Stück!
Hamlor GmbH, Hamma, Hammer GmbH, Hammernick & Co. KG, Hammerschmidt . . .
Neun Tage über die Zeit.
Wenn ich nun . . .
Nein, das kann nicht sein . . .
Hampel KG, Hampiller KG, Hampost, Hamreiter GmbH . . .
Neun Tage!
Das ist das erste Mal.
Zwei oder auch mal drei Tage zu spät – aber doch nicht so lange.
Neun Tage.

Carola nimmt nochmals ihren Taschenkalender und rechnet zurück. Sie hebt den Kopf und starrt die orangegestrichene Wand vor sich an.

Am 22. Mai müßte es passiert sein. In Rüdigers Zimmer.
Aber wir haben doch a-gen 53 benützt.
Wie bisher auch. Und bisher hat es doch immer gewirkt.
Hank & Co., Hanke, Gebr. Hannreich . . .

Liebe ohne Reue.
Die sanfte Verhütung.
Blockiert die männlichen Samenfäden und verhindert so die Befruchtung.
a-gen 53 schützt zuverlässig vor Schwangerschaft.
Die können das doch nicht einfach behaupten, wenn es nicht stimmt.
Happel, Harich KG, Harms, Hartkopf GmbH . . .
Bestimmt kommt meine Regel morgen.
Oder übermorgen.
Ein paar Tage Verspätung, das passiert Tausenden von Frauen jeden Monat.
Auch Susanne
hat mir neulich erzählt, daß sie
zwölf Tage warten mußte.
Ich mach mich völlig unnötig verrückt.

»Haben Sie eben die Karte der Firma Hartkopf auf den linken Stapel gelegt?«
Carola erschrickt. Sie hat nicht bemerkt, daß Herr Gelzer schon eine Weile hinter ihr steht und ihr über die Schulter zuschaut.
»Bitte«, sagt sie und wendet sich halb um, ohne ihn jedoch anzusehen.
»Ist das der Stapel der Kunden, die alle Rechnungen bezahlt haben?« Es ist nicht Ärger, was in seiner Stimme mitschwingt und Carola Angst macht.
»Ja.«

»Wenn ich richtig gesehen habe, haben Sie die Karte der Firma Hartkopf auf diesen Stapel gelegt. Oder?«
Carola weiß es nicht. Sie hat die letzten Karten alle auf den linken Stapel gelegt, ohne die Eintragungen zu überprüfen. Ganz automatisch.
Sie spürt, wie ihre Hände feucht werden und zittern, greift nach der obersten Karteikarte: Hartkopf GmbH, lesen ihre Augen.
»Hartkopf GmbH«, liest Herr Gelzer laut. »Und dabei ist noch eine Rechnung offen. So geht das nicht, Fräulein Schreiber. In der Finanzbuchhaltung muß korrekt gearbeitet werden. Da darf kein Fehler passieren. Wenn Sie die Debitorenkonten überprüfen, dann muß ich mich darauf verlassen können, daß alles stimmt.«
Carola gibt keine Antwort.
Ihre Schultern beginnen zu zucken. Erst in Abständen, dann immer schneller.
Herr Gelzer sieht fragend zu Frau Hornberg hinüber. Carola sitzt nach vorne gebeugt und hält noch immer die Karte von Hartkopf GmbH in der Hand.
»Aber Fräulein Schreiber«, sagt er schließlich unsicher, »beruhigen Sie sich doch. So war das doch nicht gemeint.« Wieder sieht er zu Frau Hornberg, hilfesuchend und zornig. »Einen Fehler macht jeder mal, das ist nicht so tragisch. Fehler lassen sich korrigieren.«
Für einen Augenblick legt er Carola die Hand auf die Schulter, zieht sie abrupt wieder zurück, als ob er über die Berührung erschrocken wäre.
Carola schluchzt und fährt sich mit dem Handrücken über das Gesicht.

Frau Hornberg erhebt sich. »Kommen Sie.«
Sie hält Carola am Arm und führt sie hinaus.
Herr Gelzer atmet erleichtert auf.

5.

Vorsichtig schließt Carola die Haustür auf. Schon im Flur hört sie Fernsehstimmen aus dem Wohnzimmer. Als sie die angelehnte Tür aufschiebt, greift der Vater gerade nach dem Fernbedienungsgerät und stellt die Lautstärke zurück. »So ein Kitsch«, sagt er kopfschüttelnd. »Und das soll man auch noch glauben.«
Die Mutter will ihm etwas erwidern, da bemerkt sie Carola.
»Daß du schon hier bist.« Sie tut erstaunt. »Gibt es etwas Besonderes?«
»Nein.«
Sie mustert ihre Tochter noch einen Augenblick, nimmt die Programmzeitschrift, liest kurz darin und legt sie wieder auf den Tisch.
»Nun seht euch das an.« Sie deutet auf den Bildschirm, wo soeben die Sendung »Jugend 80« begonnen hat. »Wie die Wilden. Hüpfen auf den Straßen herum, schmeißen Unrat vor die Geschäftshäuser und beschmieren die Schaufenster. Das ist die heutige Jugend . . .«
»Sei doch mal still!«
»Wie sprichst du denn mit mir?«
»Kannst du nicht wenigstens fünf Minuten still sein?« Carola stellt den Ton lauter. »Ich möchte gern hören, was der sagt.«
»Aber ich nicht!«
»Jetzt streitet doch nicht schon wieder!«
». . . eine neue Form des Protestes der jungen Genera-

tion gegen die Normen und Werte unserer Gesellschaft. Der Unrat bringt ihren Standpunkt gegenüber diesen Normen und Werten überdeutlich zum Ausdruck . . .«
»Nichts als protestieren können die und alles kaputt machen.«
»Vielleicht haben sie Gründe dafür.«
Die Mutter ist einen Moment sprachlos, sieht Carola mit großen Augen an.
»Aber das ist ganz sicher nicht der richtige Weg«, sagt der Vater zu Carola. »Bei uns gibt es doch wahrhaftig genug andere Möglichkeiten, wenn einem etwas nicht paßt.«
»Ja, schon . . .«
»Was willst du damit sagen?«
»Nichts.« Carola setzt sich vor dem Fernsehapparat auf den Boden. Jetzt spricht ein junges Mädchen, das mitten in einer Wiese sitzt, eine Gitarre auf den Knien.
» . . . Sieh dir doch die Leute an, die meisten sind längst gestorben, erstickt an ihrem eigenen Wohlstand. Und wir sollen auch daran ersticken, damit wir schön reinpassen in diese Welt der Toten. Aber wir wollen leben.«
Sie nimmt ihre Gitarre, beginnt zu spielen und zu singen:

> Ich hab genug von euren klugen Reden,
> von eurer Sattheit, die doch nur zerstört;
> ihr könnt euch selbst und andern nichts mehr geben.
> Nein danke! Zu euch hab ich noch nie gehört.

Ich möchte meine Zeit nicht mehr vergeuden
mit Leuten, die stets rechnen statt zu fühlen,
die sich selbst und andere glatt vergessen,
weil sie nur auf die Karriere zielen.

Ich hab genug von euren klugen Reden,
von eurer Sattheit, die doch nur zerstört;
ihr könnt euch selbst und andern nichts mehr
geben.
Nein danke! Zu euch hab ich noch nie gehört.

Ich möchte überall auf unsrer Erde
mich einfach zu den Menschen setzen können,
die sich selbst und andern nicht mehr fremd
sind,
auch wenn sie einander noch nicht kennen.

Ich hab genug von euren klugen Reden,
von eurer Sattheit, die doch nur zerstört;
ihr könnt euch selbst und andern nichts mehr
geben.
Nein danke! Zu euch hab ich noch nie gehört.

Ich möchte, daß wir wieder leben lernen,
miteinander leben ohne Angst und Streit,
daß wir uns selbst und andern Liebe schenken
– der Anfang ist gemacht: Es geht noch weit!

»Sie hören, was diese . . .«

»Natürlich, das hab ich mir gedacht«, ruft die Mutter, »jetzt sind wir auch noch schuld. Alles, was wir mühsam aufgebaut haben, ziehen diese Rotznasen in den Schmutz. Und daß Mädchen bei so etwas mitmachen, das ist der Gipfel . . .«

»Weshalb sollen Mädchen da nicht mitmachen? Glaubst du, den Mädchen stinkt es weniger als den Jungs?« Carola reagiert in letzter Zeit sauer, wenn ihre Mutter bestimmte Ansichten über Mädchen äußert. Sie glaubt nicht mehr, daß Mädchen sich anders verhalten müssen als Jungen; so wie sie manches nicht mehr glaubt, was ihre Mutter sagt. Die vielen Berichte und Diskussionen über Probleme, Vorstellungen und Wünsche von jungen Leuten haben Carola nachdenklicher gemacht.

»Sag nur noch, daß du richtig findest, was die tun!« Die Mutter ist empört.

»Hast du überhaupt gehört, was die gesagt hat? Die Leute ersticken an ihrer Karriere und ihrem Wohlstand, wir leben in einer Welt von Toten. Das willst du natürlich nicht hören, von so einer schon gar nicht. Dir reicht es ja, wenn ein Mädchen in ausgefransten Hosen oder alten Klamotten rumläuft, dann weißt du schon alles . . .«

»Carola!«

»Das Mädchen hat doch recht.« Carola läßt sich nicht mehr bremsen. »Ist es denn bei uns so viel anders? Warum ist denn Inge damals einfach abgehauen? Warum darf man nicht darüber reden? Warum besucht sie uns nicht? Sie lebt doch noch . . .«

»Nun mach aber einen Punkt!« Der Vater schlägt mit

der flachen Hand auf den Tisch. »Das haben wir doch wohl ausführlich genug besprochen.«

»Besprochen? Ihr habt Jochen und mir . . .« Carola bricht den Satz ab. »Darum geht es ja gar nicht.«

»Dir paßt es bei uns nicht mehr, das ist es. Aber euch geht's zu gut, das habe ich ja immer gesagt. Wartet nur, wo das noch endet.« Die Mutter dreht sich um. »Ach, was rege ich mich auf, es hat ja doch keinen Zweck. Die Jungen wissen heute sowieso alles besser. Schalt auf das erste Programm, dort läuft ein Krimi. Ich kann dieses Zeug nicht mehr sehen.«

»Das ist typisch.« Carola steht auf und geht in ihr Zimmer.

Ihr Vater drückt kopfschüttelnd das erste Programm. Dort brennt eben ein mit zwei Personen besetzter Wagen aus.

6.

»Run like Hell.« Die neue Single von Pink Floyd dreht sich auf dem Plattenteller.
Carola und Rüdiger hängen auf der alten Matratze rum, die unter der Dachschräge liegt.
Er liest im neuen »Kicker«.
Sie blättert in einer Zeitschrift.
»Run, run, run«, dröhnt es aus dem Lautsprecher.

> *Schluß jetzt!*
> *Ich will nicht mehr rennen und mich*
> *verstecken. Weglaufen, mich ablenken,*
> *die Augen verschließen, macht die*
> *Sache nur noch schlimmer. Ich will*
> *jetzt Bescheid wissen.*

». . . and the hammers batter down your door . . .«
Wieder schlägt sie die Seite mit der Werbung für einen Schwangerschaftstest auf.

> *»Unregelmäßigkeiten im Zyklus der*
> *Frau können alle möglichen Ursachen*
> *haben.«*
> *Ärger, Überanstrengung, Störungen im*
> *Hormonhaushalt, Krankheiten und was*
> *weiß ich noch alles. Seit drei Tagen*
> *rede ich mir das ununterbrochen ein.*
> *Und was ist passiert?*
> *Nichts!*

Ich bin ganz schön blöd!
»*Da hier immer auch Schwangerschaft der Grund sein kann, brauchen Sie so oder so schnell Gewißheit.*«
Das ist es. Gewißheit brauche ich. Gleich morgen.
»*Die gibt Ihnen der B-Test. Schon neun Tage nach Fälligkeit der Regel.*«

». . . you better run!«
Knackend hebt sich der Tonarm. Nur noch ein Rauschen ist zu hören, bis der Ein-Aus-Schalthebel mit einem »Klack« auf »Aus« springt.
Stille.
Draußen fährt ein Auto vorüber.
Sonst ist nichts zu hören.
Stille!
»Was soll ich auflegen?« Rüdiger wirft nur einen kurzen Blick über seinen »Kicker«.
Ihm fällt nicht auf, daß Carola nicht antwortet.
»Was willst du hören?« wiederholt er, mit seinen Gedanken schon beim kommenden Länderspiel.
»Nichts.«
»Gut«, sagt er automatisch.
Stille.

*Ja gibt's denn sowas?
Der bemerkt mich überhaupt nicht mehr!
Liegt da und liest den blöden* »*Kicker*«

*von vorne bis hinten, weiß alles
über Fußball, kennt jedes Wehwehchen
der Spieler und hat keine Ahnung von mir.*

»Was ist los?« Er läßt die Zeitschrift sinken.
»Liebst du mich noch?«
Rüdiger sieht Carola erstaunt an. »Warum fragst du?«
»Warum antwortest du mit einer Gegenfrage?«

*Was soll ich denn sonst tun?
So eine blöde Frage.
Liebst du mich?
Was kann man darauf schon antworten?*

»Weil ich wissen möchte, warum du überhaupt fragst.«
Das soll so klingen, als ob die Frage unnötig war, weil die Antwort selbstverständlich »Ja« lautet.
»Ist das so wichtig?«
»Für mich schon!« Rüdigers Stimme wird aggressiver. Er zeigt deutlich, daß er sich angegriffen fühlt.
»Und für mich ist im Moment nur wichtig, ob du mich noch liebst. Das muß ich wissen.«
»Ja, natürlich!«
»Das klingt aber nicht sehr überzeugend.« Äußerlich ist Carola ganz ruhig.
Was willst du eigentlich?!« Rüdiger wirft den »Kicker« weg und springt auf. »Soll ich sagen, ich liebe dich? Willst du das hören? Das kannst du haben! Oder soll ich vor dir auf die Knie fallen und dir die Füße küssen?! Sag doch, was du willst!«

Erst als Carola Tränen in den Augen stehen, merkt Rüdiger, daß er zu weit gegangen ist.
Er setzt sich wieder, legt den Arm um sie und streicht mit den Fingerspitzen über ihr Gesicht. Dabei spürt er die Tränen.
»Entschuldige.«
Stille.
Rüdiger drückt sie fester an sich.
Carola weint stärker.
Er legt seinen Kopf an ihren Hals.
»Hör doch auf, sonst fang ich auch noch an zu heulen.«
Minutenlang sitzen sie so da.
Dicht nebeneinander.
Carola sucht in ihren Taschen nach einem Taschentuch.
»Du weißt, daß ich es nicht sagen kann«, beginnt Rüdiger.
»Ist auch nicht so wichtig.«
»Doch, ich möchte dir manchmal gern sagen, daß ich dich mag, aber es geht nicht.«
Carola lacht mit den Augen. »Es geht doch.«
Er versteht im ersten Moment nicht, was sie meint. Dann fällt der Groschen, und Rüdiger wird beinahe ein wenig verlegen.
»Ist wirklich nicht so wichtig, ob man es sagen kann oder nicht. Darauf kommt es nicht an.«
»Hast recht.«
Er streichelt sie zärtlich. Augen, Nase, Wangen, Kinn, Hals, Kinn, Mund, Wangen, Ohren, Augen . . .
»Entschuldige.«
Carola beugt sich vor und gibt ihm einen Kuß.

Er läßt seine Hände ganz sacht über ihren Nacken kreisen, dann kaum spürbar den Rücken hinunter und vorne wieder hoch, bis zu den Brüsten.
Ihr Körper wird von einer Wärmewelle überflutet; gleichzeitig bekommt sie eine Gänsehaut.
Sie schließt die Augen und läßt sich in ihre Gefühle fallen.
Tief, unendlich tief fällt sie und weich.
Rüdiger spürt nur noch ein wohliges Rieseln auf und unter seiner Haut. Schubweise kommt es und jedesmal von weiter unten.
Als Carolas Hand ihn berührt, breitet sich von dieser Stelle ein Prickeln aus, das seinen ganzen Körper ausfüllt.
Es dauert lange, bis die beiden wieder auftauchen.
Und es dauert noch länger, bis das erste Wort fällt.
»Schön.«
»Ja«, sagt Carola. Und nach einer Weile: »Danke.«
Rüdiger ahnt, warum sie sich bedankt, ist aber nicht ganz sicher.
Carola merkt es. »Ich dank dir, daß du nicht versucht hast, mit mir zu schlafen.«
»Ist mir heute nicht schwer gefallen – einerseits. Andererseits hätte ich's gern getan.«
»Meinst du ich nicht?« Sie streicht ihm sacht über die Innenfläche der linken Hand.
»Das macht doch nichts. In ein paar Tagen geht's ja wieder«, sagt Rüdiger, weil er denkt, Carola habe ihre Regel.
»Deswegen ist es nicht.«

Sie weiß nicht, wie sie es ihm sagen soll, hat Angst, ihn zu erschrecken.
Rüdiger sieht sie fragend an. »Weswegen denn?«
Sie legt das zerknüllte Taschentuch von einer Hand in die andere. Versucht vergeblich, ihm eine Kugelform zu geben.
Er läßt ihr Zeit, drängt sie nicht.
»Ich glaube, ich bin schwanger.«
Jetzt ist es draußen.
Carola hätte nicht gedacht, daß sie diesen Satz einmal über die Lippen bringen würde.
Eine lange Pause entsteht.

> Schwanger . . . schwanger . . . sie ist schwanger . . . Das heißt, sie bekommt ein Kind.
> Wir bekommen ein Kind.
> Ich werde Vater.
> Carola Mutter.
> Vater und Mutter.
> Das geht doch nicht! Ich bin doch kein Vater! Erst neunzehn. Ein Baby. Familie. Kein Geld. Mutti als Oma. Wohnung. Kindergeschrei. Streit.

»Bist du verrückt! Das geht doch nicht! Wie stellst du dir das vor?! Glaubst du, ich laß mir alles kaputt machen?!«
Rüdiger steht auf, wirft sich in den alten Sessel. »Verdammte Scheiße!« Er schlägt mit der Faust in die geöffnete Hand.

»Sag doch was!«
Carola schneuzt sich.
»Weißt du es genau?«
»Ziemlich.«
»Was heißt ziemlich?«
»Meine Regel ist ausgeblieben, seit zwölf Tagen.«
Rüdiger atmet erleichtert auf. »Das kommt doch öfter vor, soviel ich weiß.«
»Bei mir ist es das erste Mal.«
»Das muß noch gar nichts bedeuten.« Er überlegt. »Es gibt doch so Tests, mit denen man feststellen kann . . .«
»Den will ich morgen machen«, unterbricht sie ihn. »Aber ich wollte vorher mit dir reden.«
»Über den Test?« fragt er verwundert.
»Nein . . . ja, das auch . . . ich meine . . . wenn es nun stimmt, was dann?«
»Wollen wir nicht lieber abwarten, bis wir genau Bescheid wissen?«
»Nein«, sagt Carola ruhig, aber sehr bestimmt. »Ich muß sowieso die ganze Zeit daran denken und du wahrscheinlich jetzt auch. Warum sollen wir dann nicht gleich zu zweit darüber nachdenken?«
»Hast schon wieder recht. Ich wollte nur . . . .«
»Das wollte ich auch, tagelang, alles wegschieben, wegdrängen, nur nicht daran denken. Das ist der falsche Weg.« Sie überlegt, sucht nach den richtigen Worten. »Wir müssen uns über vieles klar werden, unabhängig davon, wie der Test ausfällt.«
Rüdiger hört Carola mit offenem Mund zu. So hat er sie noch nie reden hören.

»Deswegen habe ich dich vorhin gefragt, ob du mich noch liebst. Davon hängt nämlich alles Weitere ab.«
Rüdiger läuft rot an.
Carola tut so, als bemerke sie es nicht und redet weiter.
»Wenn du mir gesagt hättest – ernsthaft natürlich –, daß es aus ist zwischen uns, dann hätte ich alles für mich behalten – zumindest vorläufig.«
»Wie bist du überhaupt darauf gekommen, daß ich dich nicht mehr mögen soll?«
Jetzt wird Carola ein wenig verlegen.
»Du warst . . . du bist . . . ach, ist ja auch nicht so wichtig.«
»Nicht ausweichen, raus mit der Sprache.«
Er faßt Carola mit einer Hand unter das Kinn und dreht ihren Kopf so, daß sie sich genau in die Augen sehen.
»Sei ehrlich.«
»Du bist . . . du hast dich in letzter Zeit kaum um mich gekümmert, warst so anders, so hart und kalt. Vielleicht habe ich mir das auch nur eingebildet«, fügt sie schnell hinzu.

>Nein, es stimmt schon.
Was soll ich jetzt sagen?
Wir gehen eben zusammen.
Samstags ins »Go in«, mal ins Kino,
ab und zu bei mir Platten hören
und miteinander schlafen,
wenn die Gelegenheit günstig ist.
So ernst habe ich das doch nie genommen.
Und jetzt?

*Ich muß einfach erst mal sagen, daß sie mir
viel bedeutet.
Alles andere schiebe ich
auf die Gesellenprüfung und
den Kampf um die Bezirksmeisterschaft.
Das wird sie verstehen.*

»Bist du jetzt beleidigt?« fragt Carola vorsichtig, als er so lange schweigt.
Rüdiger schüttelt den Kopf.
»Dann sag doch etwas.«
Er kämpft mit seinen Gedanken und den dazugehörenden Worten.
»Ich . . . du . . . ich will dir nichts vormachen . . . ich war mir in den letzten Wochen . . . bist du auch nicht sauer?« bricht er den Satz noch einmal ab.
»Ich verspreche es«, sagt Carola, ohne nachzudenken. In diesem Augenblick hätte sie wahrscheinlich alles versprochen, nur damit Rüdiger endlich redete.
»Ich war mir wirklich nicht mehr ganz sicher«, beginnt er wieder, »was ich eigentlich noch für dich empfinde.« Er stoppt, sieht Carola einen Moment genau an und redet weiter. »Vorhin habe ich mich gefragt, was es für mich bedeuten würde, wenn du nicht mehr da wärst.« Er nimmt ihre Hand. »Jetzt weiß ich es.«
Carola stehen Tränen in den Augen, diesmal vor Freude. Sie schlingt ihre Arme um Rüdiger und drückt ihn so fest an sich, daß es beinahe schmerzt.
»Kannst du dir vorstellen, daß wir bald ein Kind haben?« fragt sie plötzlich und läßt Rüdiger los.

»Im Moment nicht«, antwortet er, ohne zu zögern.
»Wenn ich ehrlich bin, ich auch nicht so richtig.«
»Du könntest mich genauso gut fragen, ob ich mir vorstellen kann, Bundeskanzler zu sein, oder Rentner. Ich könnte dir auch darauf keine Antwort geben.«
»Ist das nicht etwas ganz anderes?« Carola gefällt der Vergleich nicht besonders.
»Ich glaube nicht. Sieh mal«, er nimmt seine Hände zu Hilfe, »mit keiner dieser Fragen habe ich mich bisher beschäftigt. Sie waren keine Themen für mich. Also habe ich auch keine Vorstellungen davon. Andere Dinge sind viel näher und wichtiger.«
»Aber man überlegt sich doch manchmal, was wäre wenn . . .«
»Das schon; mach ich auch.«
Er schmunzelt. »Was meinst du, wie oft ich mir schon vorgestellt habe, ich würde ein Angebot von einem Bundesligaverein erhalten oder im Lotto gewinnen.
Aber Vater werden?
Außerdem will ich nach der Prüfung so schnell wie möglich wieder auf die Schule und den Ingenieur machen.«
»Und das Kind?«
Rüdiger zieht die Schultern hoch.
»Das ist keine Lösung.«
»Es ist ja noch gar nicht sicher.«
»Fängst du schon wieder so an.«
»Ist doch so.«
»Und wenn es sicher ist?«
Rüdiger sieht an Carola vorbei. »Heute gibt es ja Möglichkeiten.« Er spricht nicht weiter.

Sie streift mehrmals ihren Ring vom Finger, steckt ihn wieder an. »Du meinst Abtreibung?«
Er antwortet nicht.
»Könntest du das tun?«
»Das weiß ich nicht, verdammt nochmal! Woher soll ich denn das wissen?!«

7.

Stefan und Inge Palutzky steht über dem Klingelknopf. Carola läutet. Einmal kurz, einmal lang.
Wenig später hört sie Schritte, Rüdigers Schritte.
Er öffnet im Trainingsanzug. »Tag.«
»Tag«, antwortet sie.
Sie begrüßen sich mit einem flüchtigen Kuß.
»Sollen wir in mein Zimmer gehen?«
»Ich möchte erst noch deinen Eltern Guten Tag sagen.«
»Die sind in der Küche.«
Rüdigers Mutter steht am Spülbecken und spült das Geschirr. Sein Vater hat auch eine Schürze umgebunden und trocknet ab. Er prüft gerade ein Glas, indem er es gegen das Fenster hält, und summt dabei leise einen Schlager vor sich hin.
»Guten Tag.«
»Hallo!« wird Carola freudig begrüßt.
»Wie geht's, wie steht's? Alles okay?« fragt der Vater.
»Setz dich doch«, fordert die Mutter Carola auf, »oder habt ihr vor dem Spiel noch etwas vor?«
»Sei doch nicht so neugierig.« Rüdigers Vater schmunzelt.
»Nein, nein«, sagt Carola schnell und wird dabei ein wenig rot, »wir haben nichts vor.«
»Gut. Sobald wir hier fertig sind, mache ich einen Kaffee. Du trinkst doch auch einen mit?« fragt er Carola.
»Gern.«
»Ein Kaffee rundet so ein gutes Essen doch erst richtig ab, hab ich nicht recht?«

»Hört ihr, wie er sich selber lobt«, sagt Rüdigers Mutter. Und zu Carola gewandt: »Heute hat er gekocht, mußt du wissen. Forelle blau, eine seiner Spezialitäten.«
»Hat es dir etwa nicht geschmeckt?«
Sie haucht ihm einen Handkuß zu. »Es war ausgezeichnet, wie immer.«
»Das finde ich toll«, sagt Carola.
»Was?«
»Daß Sie . . äh . . . daß du kochst.« Sie hat sich noch immer nicht ganz daran gewöhnt, Rüdigers Eltern zu duzen. »Das würde mein Vater nie tun.«
»Man muß die Männer eben ein bißchen erziehen, dann klappt das prima.« Rüdigers Mutter zwinkert Carola zu. Sie trocknet die Hände ab, räumt das Geschirr weg und setzt sich. »Aber im Ernst, die Frauen machen es den Männern doch viel zu leicht, sich wie Paschas aufzuführen. Viele arbeiten den ganzen Tag im Betrieb, machen zusätzlich den Haushalt und versorgen die Kinder. Alles allein. Für die meisten ist das anscheinend selbstverständlich. Das sehe ich nicht ein. Wenn ich abends von der Arbeit nach Hause komme, bin ich genauso abgekämpft wie er«, sie deutet mit dem Kopf auf Rüdigers Vater, der gerade Wasser in die Kaffeemaschine gießt, »und habe das gleiche Recht wie er, die Beine hochzulegen und mich auszuruhen.«
»Meine Mutter ist da ganz anderer Meinung. Für sie ist es im Grunde selbstverständlich, daß sie den Haushalt versorgt und ich ihr dabei helfe«, wirft Carola ein.
»Das gilt hierzulande eben immer noch als normal. Und so sind wir ja auch erzogen worden.«

»In dieser Frage denkt mein Vater wie sie, da gibt es auch für ihn keine Diskussionen, obwohl er sonst ganz in Ordnung ist. Hausarbeit ist Frauenarbeit, heißt sein Grundsatz. Er sagt das heute zwar nicht mehr so laut wie früher, aber er denkt noch genauso.«
»Das ist für ihn natürlich ein sehr bequemer Grundsatz«, sagt Rüdigers Mutter.
»Dafür muß er im Betrieb viel arbeiten«, nimmt Carola ihren Vater ein wenig in Schutz, »jedenfalls mehr als meine Mutter.«
Rüdiger steht auf und holt Tassen aus dem Schrank. »Ich kann vor dem Spiel keinen Kaffee mehr trinken, sonst bin ich wieder so aufgebläht.«
»Wie spät ist es eigentlich?« Sein Vater ist vor einem wichtigen Spiel mehr aufgeregt als Rüdiger. Er hat über vierzehn Jahre in der Ersten Mannschaft des FCB gespielt, 513 Spiele. Erst eine schwere Knieverletzung beendete seine aktive Laufbahn.
»Viertel vor zwei«, antwortet die Mutter. »Ihr habt noch genügend Zeit.«
Sie hat sich auch durch zwei Fußballer in der Familie nicht anstecken lassen. Nach wie vor findet sie es albern, daß 22 Männer einem Ball nachjagen und sich freuen wie die Kinder, wenn er im gegnerischen Tor landet.
Doch das ist nicht das Entscheidende. Vielmehr stört sie, daß die meisten Sonntage des Jahres für die Familie verdorben sind, weil der Mann am Nachmittag spielen muß. Darüber streiten sie manchmal – aber nie lange.
»So, der Kaffee ist fertig.« Rüdigers Vater setzt sich zu den andern und schenkt ihnen ein.

»Ist doch schön, wenn man bei einer guten Tasse Kaffee gemütlich beisammen sitzen kann.«
»Es wäre noch schöner, wenn ihr zwei nicht in einer halben Stunde weggehen würdet . . .«
»Bitte nicht«, fällt ihr der Vater ins Wort, »laß uns nicht schon wieder davon anfangen. Denk an unsere Abmachung!«
Abgemacht haben sie, daß er nur die Heimspiele des FCB besucht. Spielt die Mannschaft auswärts, bleibt er zu Hause. Das ist ihm sehr schwer gefallen, aber er hält sich daran.

8.

Am Montag steht Carola kurz nach halb fünf vor dem Haupteingang der ACBA. Punkt halb hat sie Schluß gemacht, ist aufgestanden und gegangen, obwohl Herr Gelzer ihr einen vorwurfsvollen Blick zuwarf. Doch gesagt hat er nichts.
Sie sieht wieder nach der großen Werksuhr: schon acht Minuten nach halb.
Wenig später kommt Rüdiger angebraust.
»Es hat geklappt«, sagt er, nachdem sie sich mit einem Kuß begrüßt haben. »Ich muß eben morgen eine halbe Stunde länger arbeiten.«
»Ist das schlimm?«
»Ach was«, winkt er ab. »Na, wie fühlst du dich?«
»Ein bißchen mulmig«, gibt Carola zu, »wie wenn ich zum Chef muß.«
Rüdiger streicht ihr kurz über die Haare. »Ich auch.«
Nach knapp 15 Minuten sind sie in H.
UNTERE APOTHEKE. Schon von weitem können sie die großen Buchstaben lesen.
»Also, los jetzt«, sagt Rüdiger, als Carola vor dem Schaufenster stehen bleibt und das Werbeplakat für ein Herz-Kreislauf-Mittel betrachtet – oder nur so tut.
Inh. Dr. Fred Marwitz, steht auf dem Schild an der Tür. Hinter einem langen Tresen stehen ein älterer Mann und zwei Mädchen in Carolas Alter. Alle drei bedienen gerade Kunden.
Carola stupst Rüdiger. »Komm, wir gehen zu der Blonden rüber«, flüstert sie.

Unauffällig schieben sie sich hinter die Frau, die von dem blonden Mädchen bedient wird.
». . . und dann brauche ich noch etwas gegen Heuschnupfen«, sagt sie.
Das Mädchen geht zu einem Regal und kommt mit verschiedenen Packungen zurück. »Da haben wir . . .«
»Sie wünschen«, fragt der Mann und sieht Carola und Rüdiger freundlich an. Er hat seinen Namen an der Brusttasche befestigt: Dr. Fred Marwitz.
»Ich . . . wir . . .«, stottert Rüdiger.
Carola macht zwei, drei Schritte, tritt dicht vor den Tresen. »Wir möchten einen Schwangerschaftstest.« Sie wundert sich, daß sie das so einfach sagen kann.
»Soll es ein normaler oder ein Doppeltest sein?«
Der Apotheker bemerkt, daß sich Rüdiger und Carola unsicher ansehen.
»Manche Frauen«, erklärt er, »möchten möglichst schnell wissen, ob sie schwanger sind. Die können den Test schon fünf Tage nach dem Ausbleiben der Menstruation anwenden. Um sicher zu sein, müssen sie ihn jedoch nach vier oder fünf Tagen wiederholen. Dafür gibt es den Doppeltest.«
»Bei mir sind es schon dreizehn Tage«, sagt Carola.
»Dann genügt der normale Test.« Er dreht sich um und zieht ein Regal aus der Wand. »Das ist der sicherste, den es zur Zeit gibt. Es steht alles genau drin, was Sie tun müssen.«
Carola nickt.
»Darf es sonst noch etwas sein?«
»Nein danke.«

Der Apotheker steckt den Test in eine Mini-Plastiktasche. »Das macht 23,50 bitte.«
Carola zählt das Geld auf den Teller.
»Danke – auf Wiedersehen.«
»Auf Wiedersehen.«
Kaum sitzen sie im Auto, öffnet Carola die Packung und holt die Gebrauchsanweisung heraus. Sie überfliegt den Text, liest nur die dickgedruckten Sätze genauer.
»Wenn der Test negativ ausfällt, ist es für uns positiv«, sagt Rüdiger, der mitgelesen hat.
»Mach doch jetzt keine Witze.«
»Stimmt aber.«
»Hast du das gelesen? ›Sie können also annehmen, daß Sie nicht schwanger sind.‹ Annehmen! Was heißt denn annehmen? Das ist ja gar nicht sicher.«
Rüdiger nimmt ihre Hand. »Die sind eben vorsichtig. Hundertprozentig sicher ist gar nichts, das wissen die auch. Deshalb können sie auch nicht schreiben: Sie sind nicht schwanger. Was meinst du, wieviel Prozesse die an den Hals bekämen?«
»Ja, aber...«
»Komm, mach dich nicht verrückt; natürlich ist der Test sicher. Das hat der Apotheker doch auch gesagt, oder?«
»Und wo soll ich den Test überhaupt machen, morgens, an einem sicheren Platz? Das geht gar nicht.« Schon rinnen Carola Tränen über das Gesicht.
»Meine Mutter findet doch alles. Was glaubst du, was dann zu Hause los ist«, schluchzt sie.
»Mensch Caro, heul doch nicht«, sagt Rüdiger leise. Seine Stimme zittert. »Jetzt fahren wir erst mal zu mir

und bereden alles in Ruhe.« Er legt den Arm um sie. »Wir finden bestimmt einen Weg.«

9.

Positiv!
Carola starrt auf den rotbraunen Ring am Grund des Röhrchens.
Positiv.

Die Mutter öffnet die Tür.
Carola steht noch immer vor dem Röhrchen und ist in Gedanken versunken.
»Was ist denn das?«
Carola erschrickt furchtbar über die Stimme ihrer Mutter. Noch bevor sie überlegen kann, sagt sie: »Nichts!« und versucht, den Test mit ihrem Körper zu verdecken.
»Laß mich mal sehen!« Die Mutter drängt Carola, die sich nur kurz dagegen wehrt, zur Seite.
»Schwangerschaftstest«, liest sie halblaut. »Was soll der hier?« Sie versteht den Zusammenhang zwischen ihrer Tochter und einem Schwangerschaftstest nicht sofort. Erst langsam scheint sie zu begreifen.
»Carola!«
Carola steht vor ihrer Mutter, schaut auf den Boden und rührt sich nicht.
»Soll das heißen . . .« Mitten im Satz bricht sie ab, macht eine Pause, denkt nach.
»Soll das heißen, daß du . . .« Zu unvorstellbar ist der Gedanke.
Carola nickt.
Die Mutter setzt sich auf das Bett, schüttelt den Kopf, kaum sichtbar und mit kleinen Pausen dazwischen.

»Das ist also deine Krankheit.« Kopfschütteln.
Pause.
»Deswegen wolltest du heute zu Hause bleiben.« Kopfschütteln.
Pause.
»Wie konntest du?« Kopfschütteln.
Pause.
»Wie konntest du uns das antun?« Kopfschütteln.
Pause.
»Wo wir alles für dich getan haben.« Kopfschütteln.
Pause.
»Und Vater.« Die Leidensmiene verschwindet mit einem Schlag aus dem Gesicht der Mutter. »Was wird dein Vater wohl dazu sagen?«
Davor hat Carola am wenigsten Angst. In der Mittagspause wird sie mit ihm reden.

Im ersten Moment ist Carolas Vater sprachlos.
Er zündet sich eine Zigarette an, zieht hastig, beobachtet die Bewegungen des Rauches und reibt sich mit Zeige- und Mittelfinger immer wieder über die rechte Augenbraue.
»Passiert ist passiert«, sagt er und löst damit die Spannung.
Carola ist froh, daß sie sich in ihrem Vater nicht getäuscht hat.
»Ist das alles, was du dazu sagst? Deine Tochter . . .«
»Vorwürfe und Belehrungen machen die Sache auch nicht ungeschehen; und besser wird es dadurch ganz sicher nicht, im Gegenteil.«

»Sollen wir sie vielleicht noch dafür loben, daß sie ihr ganzes Leben ruiniert hat – und unseres dazu?!«
»Jetzt übertreibst du aber!«
Einen Ton milder sagt er wie zu sich selbst: »Sicher, Carola hat einen Fehler gemacht, der viele Probleme nach sich ziehen wird. Aber sie ist schließlich nicht das erste Mädchen, dem das passiert ist. Und andere Familien sind auch damit fertig geworden. Dann werden wir das wohl ebenfalls schaffen.«
Carola verspürt zum erstenmal seit langer Zeit wieder das Bedürfnis, bei ihrem Vater wie früher auf dem Schoß zu sitzen, sich eng an ihn zu schmiegen und die Augen zu schließen. Aber in der Gegenwart ihrer Mutter traut sie sich nicht. Sie setzt sich aufrecht hin, drückt den Rücken gegen die Lehne, wirkt steif.
»Natürlich«, sagt die Mutter beleidigt und zornig, »haltet ihr zwei nur zusammen. Das habt ihr ja immer getan. Schon als Carola noch klein war, ist sie immer zu dir gelaufen. Mir hat sie nie etwas Wichtiges erzählt, immer nur dir.«
»Das gehört jetzt wirklich nicht hierher.«
»Doch«, widerspricht ihm die Mutter energisch, »weil du sie wieder in Schutz nimmst. Ob sie zu spät nach Hause kommt, ob sie Jochen ärgert, ob sie ihr Geld für unnötige Sachen ausgibt, ob sie frech zu mir ist, sogar jetzt, wo sie ein Kind bekommt, immer nimmst du sie in Schutz!«
»Jetzt will ich dir auch mal etwas sagen.« Es fällt ihm schwer, einigermaßen ruhig zu bleiben. »Glaubst du vielleicht, ich habe nicht schon lange bemerkt, daß du

mich gegen Carola aufbringen willst. Kaum ein Tag vergeht, an dem du mich nicht mit einer schlechten Nachricht über sie empfängst.«
»Das ist nicht wahr!«
Er beachtet den Einwand nicht. »Manchmal hast du leider Erfolg damit; Carola und ich streiten in letzter Zeit viel öfter als früher. Nur heute, ausgerechnet heute, wo du mich mit der Neuigkeit empfangen konntest, mir ins Gesicht sagen konntest, ›deine Tochter bekommt ein Kind‹, heute hat es nicht geklappt. Und deshalb bist du jetzt enttäuscht . . .«
»Vati!«
»Stimmt es etwa nicht?«
Die Mutter fängt an zu weinen.
»So etwas darfst du nicht sagen.« Carola hätte nicht gedacht, daß ihr Vater so verletzend sein könnte.
»Ich glaube, es ist besser, wir sprechen später in Ruhe über alles«, sagt er und steht auf.

10.

Carola geht auch am Nachmittag nicht in den Betrieb. Nachdem ihre Eltern aus dem Haus sind, legt sie sich auf ihr Bett, die Hände unter dem Kopf verschränkt, und starrt an die Decke.
Zwanzig Minuten liegt sie so da und bewegt sich kaum. Doch plötzlich schnellt sie hoch, springt auf und rennt zum Telefon. Sie nimmt das Telefonbuch, sucht eine Nummer, hebt den Hörer ab und wählt.
»Hallo Inge, hier ist Carola. Mensch, bin ich froh, daß du zu Hause bist. Ich muß unbedingt mit dir reden. Hast du heute nachmittag Zeit?«
Carola spricht so schnell, als möchte sie alles auf einmal sagen. Dann hört sie mit offenem Mund die Antwort ihrer Schwester, nickt und sagt schließlich: »Das ist klar; ich komme um drei zu dir. Also tschüs, bis nachher.«
Sie legt auf. Einen Moment bleibt sie noch stehen und sieht das Telefon an.
Gut, daß sie jetzt auch mit Inge reden kann. Seit die beiden sich einige Male getroffen haben, verstehen sie sich besser als früher. Carola war es irgendwann zu dumm gewesen, eine Schwester zu haben und sie kaum noch zu kennen. Sie hatte den ersten Anruf gewagt; was ging sie der Streit zwischen den Eltern und Inge an.

Nach einer knappen Stunde steht Carola vor dem Hochhaus, in dem ihre Schwester wohnt. Auf dem dritten Schildchen in der fünften Reihe steht ,,Rolf Albinger«. Sie drückt auf den Klingelknopf.

Nichts geschieht.
Carola schaut auf ihre Uhr. Erst kurz vor halb drei. Sie dreht sich um, geht in Richtung Stadtmitte, schlendert durch eine Einkaufsstraße und bleibt vor manchen Schaufenstern stehen.
Babywäsche fällt ihr auf und Babynahrung.
Kinderwagen.
Schwangere Frauen.
Noch nie hat sie bisher darauf geachtet.
Am liebsten würde sie zu einer hingehen und fragen:
Wollten Sie ein Kind?
Freuen Sie sich darauf?
Was empfinden Sie jetzt?
Wie fühlen Sie sich?
Haben Sie Angst vor der Geburt?
Aber sie fragt nicht, sieht ihnen nur verstohlen nach.
Um dreiviertel drei geht Carola zurück.
Sie klingelt wieder.
»Ja bitte«, krächzt eine Stimme aus der Sprechanlage.
»Hier ist Carola«, meldet sie sich.
»Komm rauf, in den vierten Stock.« Der Türöffner summt.
»Warum fährst du denn nicht mit dem Aufzug?« fragt Inge, die sie schon erwartet.
»Treppensteigen soll sehr gesund sein, habe ich mal irgendwo gelesen.«
»Aber auch sehr anstrengend, wie man sieht. Du bist ja ganz außer Atem.« Sie streckt Carola die Hand entgegen. »Na, komm erst mal rein.«
»Nein, im Ernst«, sagt Carola, nachdem sie ein paarmal

tief durchgeatmet hat, »unten stieg so ein Typ mit Schweinsaugen und Wurstfingern in den Aufzug. Mit dem wollte ich nicht hochfahren.«
»Das ist der Vorberg aus dem Fünften; mit dem hättest du ruhig fahren können. Der ist sehr nett.«
»Kann ich mir nicht vorstellen.«
»Wirklich. – Willst du etwas trinken?«
»Danke.«
Das kaum begonnene Gespräch stirbt ab. Die beiden sitzen sich schweigend gegenüber. Carola weicht dem Blick ihrer Schwester aus.
»Du hast am Telefon angedeutet, daß dir ein großes Problem zu schaffen macht«, beginnt diese vorsichtig.
»Ja.«
»Hast du Schwierigkeiten mit den Eltern?«
Carola schüttelt den Kopf.
»Ich bin schwanger.«
»Das habe ich mir beinahe gedacht.«
Eine Weile sagen beide nichts. Dann fragt Inge: »Wissen es die Eltern schon?«
»Mhm.«
»Wie haben sie reagiert?«
»Das kannst du dir ja denken.«
»Und was willst du jetzt tun?«
Carola zieht die Achseln hoch. »Ich weiß es nicht. Das ist es ja eben. Deshalb möchte ich einfach mal mit jemandem reden, der das alles unvoreingenommen sieht.«
»Unvoreingenommen ist bei diesem Problem wohl niemand, ich schon gar nicht.«
»Das verstehe ich nicht.«

»Kannst du auch nicht, jedenfalls nicht alles.« Sie holt ihre Zigaretten und zündet sich eine an.
»Du weißt doch, daß ich so schnell wie möglich von zu Hause fort wollte. Ich konnte es nicht mehr ausstehen, dieses scheinheilige Getue, als ob es bei uns keine Schwierigkeiten und Probleme gäbe. Täglich gemeinsame Mahlzeiten mit Gebeten, sonntags in die Kirche rennen, aber nicht miteinander reden, alles Unbequeme unter den Teppich kehren.«
»Mit Vati kann . . .«
»Ja du, du konntest wenigstens zu Vater gehen, aber ich?«
Man hört und sieht ihr deutlich an, daß sie noch nichts vergessen hat, obwohl sie schon vor drei Jahren zu Hause aus- und von B. weggezogen ist.
»Oder Jochen? Geht es dem etwa viel besser als mir? Mutter wollte keine Kinder, das hat sie uns oft genug spüren lassen, besonders mich. Mir hat sie bei jeder Gelegenheit vorgeworfen, daß sie meinetwegen heiraten mußte und deswegen keinen anständigen Beruf hat. Natürlich, sie hat uns zu essen gegeben, schöne Spielsachen und Kleider gekauft. Wir haben gemeinsame Spaziergänge und Ausflüge unternommen, damit auch ja die Leute sehen konnten, was für eine tolle Familie wir sind. Aber sie hat sich nicht wirklich um uns gekümmert.« Sie sieht Carola an. »Und weil ich Angst habe, daß ich ihr ähnlich bin oder so werden könnte wie sie, möchte ich keine Kinder.«
»Aber du bist doch ganz anders als sie.«
»Ich weiß nicht, ich denke manchmal, wir alle tragen viel

mehr von unseren Eltern in und mit uns herum, als wir wahrhaben wollen. Auch solche Eigenschaften und Verhaltensweisen, die wir eigentlich ablehnen. Das meine ich, wenn ich sage, daß ich wahrscheinlich besonders voreingenommen bin.«

»Ja schon . . . aber es muß doch möglich sein, einmal zu sagen, was man in der Situation tun kann. Ich meine jetzt nicht: bekommen oder wegmachen lassen.« Carola stockt einen Moment. »Es ist so schwer zu erklären. Ich meine, was muß man wissen und tun, wenn man das Kind will oder nicht will? Ganz sachlich. Ohne dabei immer an mich zu denken.« Sie sieht Inge erwartungsvoll an.

»Das ist sehr schwierig, du bist eben meine Schwester und nicht irgend jemand. Aber ich will es versuchen. Eines kann ich dir allerdings gleich sagen, es gibt keine Patentrezepte. Jeder Fall ist anders, auch wenn es sich allgemein betrachtet immer um dasselbe Problem handelt.«

»Wie meinst du das?«

»Einmal sind zum Beispiel Eltern da, die das Kind in den ersten Jahren versorgen können; einmal ist eine Ausbildung abzuschließen, ein andermal nicht; mal möchte der Vater des Kindes heiraten, mal ist er verschwunden; manchmal ist das junge Mädchen selbst noch ein Kind und lebt in zerrütteten Familienverhältnissen; die einen sind so erzogen worden, daß sie Abtreibung für Mord halten; andere sagen, mein Bauch gehört mir und so weiter und so weiter.«

Sie merkt, daß Carola mit der Antwort nicht zufrieden

ist. »Ich kann dir natürlich sagen«, fährt sie ruhig fort, »daß man zu einem Arzt und zu einer Fürsorgerin gehen muß, wenn man das Kind nicht haben will. Dort wird man beraten, und wenn ein stichhaltiger Grund vorhanden ist, wird man an ein Krankenhaus verwiesen, wo der Abbruch vorgenommen wird – oder auch nicht. Wenn man schon volljährig ist, kann man das alles allein entscheiden, andernfalls braucht man die Einwilligung der Eltern.« Sie macht eine Pause und sieht Carola an.
»So ungefähr lassen sich auch die Stationen des anderen Weges aufzählen. Aber was hilft dir das? Weißt du jetzt, ob du abtreiben lassen oder das Kind haben willst?«
»Das ist alles so kompliziert«, stöhnt Carola.
»Das stimmt. Und das schlimmste ist, daß sich die meisten Leute kaum Gedanken darüber machen. Die Kinder werden einfach in die Welt gesetzt, alles andere wird sich schon finden.« Sie redet wieder schneller. »Dabei wäre nichts wichtiger, als sich wenigstens mit einigen Fragen auseinanderzusetzen, bevor man ein Kind bekommt.
Bin ich bereit, mein Leben zu ändern und weitgehend auf die Bedürfnisse des Kindes abzustimmen?
Kann und will ich auf einen großen Teil meiner Freizeit und Freiheit verzichten, zumindest in den ersten Jahren?
Traue ich mir zu, für einen Menschen verantwortlich zu sein, ihn zu erziehen?
Ist es überhaupt zu verantworten, in unsere Welt ein Kind zu setzen und es damit zu zwingen, in dieser Welt zu leben.«

Carola hört aufmerksam zu. »Mensch Inge, du hast ja recht. Klar. Aber jetzt ist es passiert. Jetzt können wir nicht mehr vorher überlegen. Wir haben uns nie Gedanken über ein Kind gemacht. Wir haben zusammen geschlafen und uns auf ein Verhütungsmittel verlassen . . .«
Inge unterbricht sie: »Na ja, weißt du, bei all den Überlegungen hat man natürlich auch keine Garantie, die richtige Entscheidung zu treffen – wenn es ein ›Richtig‹ in diesem Bereich überhaupt gibt.«
Carola zögert: »Eins ist mir schon klar: wenn wir uns nach all diesen Fragen richten, dann können wir das Kind nicht bekommen.«
»Wollt ihr es denn?«
»Ich weiß nicht. Einmal möchte ich es, stelle mir alles wunderschön vor, dann wird mir wieder angst, wenn ich nur daran denke.«
»So geht es nicht nur dir.«
»In Gedanken sehe ich es schon vor mir, wie es im Bettchen liegt, wie ich ihm das Fläschchen gebe oder mit ihm spiele. Aber wenn ich all die Schwierigkeiten auf mich zukommen sehe . . . was soll ich denn tun?«
»Das kann ich dir nicht sagen. Das mußt du selbst entscheiden, zusammen mit Rüdiger. Was sagt der überhaupt dazu? Das ist ja schließlich nicht nur dein Problem, oder doch?«
»Nein, nein«, unterbricht Carola. »Was soll der schon sagen? Begeistert ist er jedenfalls nicht.«
»Das wäre auch ein bißchen viel verlangt.«
»Ja schon . . . Er ist halt . . .«

»Er läßt dich wenigstens nicht im Stich, wie meiner mich damals.«
»Was, du auch?« sagt Carola ungläubig.
»Tja, siehst du.« Inge zündet sich wieder eine Zigarette an.
»Gibst du mir auch eine? Ich rauche ja normalerweise nicht . . . Mensch, erzähl doch mal!«
»Da gibt's nicht viel zu erzählen. Mein damaliger Freund hat sich aus dem Staub gemacht, als ich es ihm sagte. Damit war alles Weitere sowieso entschieden. Den ganzen Tag arbeiten und so nebenher ein Kind versorgen, allein, das kam für mich auf gar keinen Fall in Frage. Damals war ich zwar noch nicht dagegen, ein Kind zu bekommen; aber unter solchen Bedingungen wollte ich keines.«
»Und wie war's?«
»Du meinst die Abtreibung? Jedenfalls nicht so schlimm, wie viele tun. Aber hör mal, du darfst dich jetzt nicht an meinem Fall orientieren; bei euch ist es doch ganz anders.«
»Das finde ich prima von dir.«
»Was, daß ich abgetrieben habe?« fragt Inge überrascht.
»Nein.« Carola schüttelt den Kopf und lächelt. »Daß du nicht versuchst, mir etwas ein- oder auszureden, wie andere.«
Inge sagt nichts.
»Vor allem Mutter . . .«
»Vater nicht?«
»Nicht so . . .«
»Richtig, er macht es anders, geschickter. Er zeigt Ver-

ständnis, redet ruhig mit dir, so lange, bis du kaum noch weißt, was du eigentlich selber willst.«
»Das stimmt nicht«, verteidigt Carola ihren Vater, »nicht immer. Er bemüht sich wirklich, uns zu verstehen.«
»Vielleicht hast du sogar recht, vielleicht bemüht er sich manchmal. Doch auch er schafft es nicht, oder nur ganz selten, aus seiner Haut zu schlüpfen. Dazu ist er Großvater viel zu ähnlich, ähnlicher als er selbst glaubt.«
Carola öffnet den Mund, will etwas sagen, sagt es nicht.
»Tut mir leid, daß ich schon wieder davon rede. Aber dieses Problem beschäftigt mich immer wieder. Können Kinder eigentlich anders, ganz anders sein als ihre Eltern? Können sie sich von den Eltern lösen, freimachen und ein eigenes Leben führen? Oder ändern sich von Generation zu Generation nur Äußerlichkeiten, wie etwa die Kleidung? Was meinst du?«
Carola zieht die Achseln hoch. »Darüber habe ich mir noch nie Gedanken gemacht.«
»Warte mal.« Inge steht auf und geht zum Bücherregal.
»Du Inge, warum können wir uns eigentlich nicht öfter treffen?«
»Schön, daß du das sagst. Von mir aus gerne, ich würde mich freuen.«

11.

Carola und Rüdiger sitzen schweigend am gedeckten Abendbrottisch. Carolas Vater ist noch nicht zu Hause. Ihre Mutter hantiert in der Küche herum.
»Was ist eigentlich los hier?« fragt Jochen ärgerlich, als er ins Eßzimmer kommt. »Alle hängen herum wie die Hühner wenn's donnert.«
»Laß uns in Ruhe«, bittet Carola ihren Bruder ungewohnt leise.
Jochen merkt, daß etwas Wichtiges vorgefallen sein muß, über das mit ihm niemand sprechen will. »Okay, okay«, sagt er beleidigt, »ich geh ja schon.« Er greift sich zwei Scheiben Brot, ein Stück Wurst, eine Tomate und verschwindet.
Im Flur klingelt das Telefon. Carola hebt den Kopf, kann jedoch nicht hören, mit wem ihre Mutter spricht. Rüdiger schaut auf die Uhr.
»In letzter Zeit kommt mein Vater oft verspätet von der Arbeit«, erklärt Carola. »Die ACBA hat so viel Aufträge, daß in einigen Abteilungen Überstunden gemacht werden müssen.«
»Besser als umgekehrt«, sagt er.
»Ja, schon . . .«
Nur das Ticken der Uhr ist noch zu hören.
Die Köpfe sind voller Gedanken.
Unsicherheit.
Angst.
Unter dem Tisch reden die Beine.
Die Hände suchen einander.

Die Augen machen Mut.

Vor dem Haus ist das bekannte Motorengeräusch und kurz danach das Quietschen des Garagentores zu hören.
»Denk daran«, flüstert Carola, »Vater mag es nicht, wenn er unterbrochen wird. Und vergiß nicht, daß Mutter ein Gebet spricht, bevor wir mit dem Essen beginnen.«
Rüdiger nickt.
»Guten Abend«, sagt Carolas Vater und begrüßt Rüdiger per Handschlag. Seiner Tochter gibt er einen Klaps auf die Schulter.
»Ihr müßt entschuldigen, daß ich so spät komme, aber im Betrieb war wieder einmal der Teufel los. Ein Fehler am Leitungssystem brachte die ganze Produktion ins Stocken, ausgerechnet jetzt, wo wir ohnehin schon in Lieferschwierigkeiten sind.«
Die Mutter stellt noch einen Teller mit Käse auf den Tisch. Dann setzt sie sich und faltet die Hände. Aus den Augenwinkeln heraus beobachtet sie Rüdiger. Wie die andern faltet auch er die Hände und senkt den Kopf.
»Komm Herr Jesus, sei unser Gast, und segne, was du uns bescheret hast. Amen.«
»Guten Appetit.«
»Gleichfalls.«
Stillschweigend wird von den Eltern akzeptiert, daß Jochen nicht hier ist, obwohl vor allem die Mutter sonst sehr viel Wert auf die gemeinsamen Mahlzeiten legt.
»Ihr hättet ruhig schon anfangen können; ihr wißt doch, daß ich es nicht mag, wenn ihr wegen mir wartet.«

»Das macht doch nichts«, sagt Carola.
»Kann ich mal die Butter haben?«
»Möchtest du noch ein Stück Käse?«
»Diese Wurst schmeckt ausgezeichnet.«
»Greifen Sie doch zu.«
»Nein danke, ich bin satt.«
»Sie wollen also in Kürze die Gesellenprüfung ablegen?«
»Ja. Das heißt, den praktischen Teil habe ich schon hinter mir.«
»Und, wie war's?«
»Ich habe noch kein Ergebnis.«
»Will noch jemand etwas essen?«
Alle verneinen.
Carola hilft ihrer Mutter beim Tischabräumen. Als Rüdiger sich ebenfalls erhebt, um zu helfen, sagt diese:
»Lassen Sie nur, das machen wir schon.«
Rüdiger setzt sich wieder.
Carolas Vater streckt ihm eine Schachtel Zigaretten entgegen. »Rauchen Sie eine mit?«
»Danke, ich rauche nicht.«
»Das ist sehr vernünftig«, lobt er. »Heute wäre ich auch froh, wenn ich nie damit angefangen hätte. Aber jetzt ist es zu spät. Ich habe schon ein paarmal versucht, damit Schluß zu machen, aber ich schaffe es nicht mehr.«
»Das ist auch sehr schwierig, soviel ich weiß.«
»Das kann man wohl sagen.« Er zündet sich eine Zigarette an und inhaliert kräftig. »Doch was soll's? Irgend ein Laster hat jeder Mensch. Meines ist eben das Rauchen.«
Rüdiger ist froh, daß Carola wieder hereinkommt.

»Na, dann wollen wir mal zur Sache kommen«, beginnt der Vater, nachdem auch die Mutter sich gesetzt hat. »Es hat ja keinen Zweck, lange darum herum zu reden. Nicht wahr?« Er erwartet keine Antwort.
»Ihr habt euch doch bestimmt schon Gedanken darüber gemacht, wie es jetzt weitergehen soll.« Fragend sieht er die beiden an.
»Natürlich«, sagt Carola, »aber wir wissen noch nicht so recht, wie oder was.«
»Deshalb möchten wir gerne hören, was Sie meinen«, sagt Rüdiger und bemüht sich, besonders ernst zu wirken.
»Das freut uns, denn heutzutage ist es ja leider oft so, daß die Jungen die Meinung der Älteren nicht mehr hören wollen. Sie wissen selbst alles viel besser.«
Er drückt die Zigarette aus. Die andern schauen ihm dabei zu, als handle es sich um eine hochinteressante Vorführung.
»Ja, also, ich habe mir heute nachmittag alles durch den Kopf gehen lassen – Mutter bestimmt auch. Ich will euch mal sagen, wie ich die ganze Angelegenheit sehe. Aber daß ihr mich nicht falsch versteht, das ist nur ein Vorschlag.«
Er macht eine Pause.
Carola und Rüdiger nicken.
»Du gehst erst mal so lange zur Arbeit, bis das Kind kommt. Wenn es soweit ist, bleibt Mutter wieder den ganzen Tag zu Hause und kümmert sich darum . . .«
»Ich denke nicht daran«, wehrt sie sich. »Schließlich habe ich . . .«

»Würdest du mich bitte ausreden lassen«, sagt er energisch. »Du kannst anschließend sagen, wie du dir die Sache gedacht hast.«
An Carola gewandt, fährt er fort: »Sobald die Schutzfrist zu Ende ist, gehst du wieder in den Betrieb und machst deine Ausbildung zu Ende. Während dieser Zeit wohnst du wie bisher bei uns.
Sie verdienen in der Zwischenzeit als Facharbeiter ja schon gutes Geld«, wendet er sich jetzt Rüdiger zu. »Wenn ihr beide dann immer noch wollt, könnt ihr mit dem Ersparten – wir werden euch natürlich unterstützen – eine Wohnung mieten, einrichten und heiraten.« Er zündet sich eine neue Zigarette an. »Das wäre in aller Kürze mein Vorschlag.«
Wieder übertönt das Ticken der Uhr die Stille.
Doch nicht die Gedanken.
Die Unsicherheit.
»Was meinst du?« fragt Carola ihre Mutter.
»Das will ich euch sagen, ich bin mit Vaters Vorschlag nicht einverstanden.« Ohne ihn anzusehen, wartet sie einen Moment.
»Du bist siebzehn. Ich war knapp drei Jahre älter, als Inge unterwegs war. Wir haben geheiratet, und ich mußte zu Hause bleiben. Ich weiß nicht, warum ihr das nicht genauso machen könnt. Wir werden euch dabei helfen, so gut wir können.
Ich habe drei Kinder großgezogen, das reicht mir. Außerdem macht mir meine Arbeit bei der ACBA Spaß; ich denke nicht daran, sie aufzugeben, weil ihr eine Dummheit gemacht habt.

Ich werde das Kind jedenfalls nicht aufziehen; das könnt ihr euch aus dem Kopf schlagen.« Obwohl sie Carola anschaut, gilt das, was sie sagt, ihrem Mann.
»Worauf du dich verlassen kannst«, sagt Carola hart. »Wenn wir das Kind bekommen, ziehen wir es auch selber groß . . .«
»Carola bitte! So hat es keinen Zweck. Wir wollten doch alles in Ruhe besprechen.«
»Entschuldigung.«
»Was heißt, wenn wir das Kind bekommen?« will der Vater wissen.
»Ihr geht beide ganz selbstverständlich davon aus, daß ich das Kind zur Welt bringe . . .«
»Das ist ja wohl auch selbstverständlich«, fällt ihr die Mutter ins Wort.
»Eben nicht!«
»Carola!«
»Heute ist das nicht mehr so selbstverständlich wie früher. Man kann auch einen Abbruch vornehmen lassen . . .«
»Bist du noch bei Trost!« ruft ihre Mutter. »Das kommt überhaupt nicht in Frage.« Entsetzt schaut sie ihren Mann an. »Nun sag doch auch mal etwas!«
»Schrei nicht so.«
Die Mutter steht auf und geht hinaus.
»Nun hört mal gut zu, ihr zwei; das kommt wirklich nicht in Frage, da hat Mutter recht. Wir können über alles miteinander reden, aber darüber nicht.«
»Warum nicht?«
»Warum? Carola, du enttäuschst mich. Weil Abtreibung

ein Verbrechen ist, darum. Oder um es noch deutlicher zu sagen: Mord. Ja, Mord.«
»Das kann man auch anders sehen«, schaltet sich Rüdiger jetzt zum erstenmal in das Gespräch ein.
»So? Wie denn?«
Rüdiger hat feuchte Hände, sein Puls rast. »Eine befruchtete Eizelle ist noch lange kein Mensch. Deshalb kann man auch nicht von Mord sprechen.«
»Und wer bestimmt, ab wann diese befruchtete Zelle ein Mensch ist?«
»Die Ärzte.«
»Und die haben festgelegt«, kommt Carola Rüdiger zu Hilfe, »daß eine Schwangerschaft in den ersten drei Monaten abgebrochen werden darf. Das steht sogar im Gesetz.«
»Aber nur unter bestimmten Umständen, wenn ich richtig informiert bin. Zum Beispiel wenn die Frau krank ist oder das Kind voraussichtlich krank zur Welt kommen würde. Ist so etwas nicht der Fall, wird auch heute noch bestraft, wer abtreiben läßt. Warum wohl?«
»In anderen Ländern ist das nicht so«, entgegnet Carola.
»Wir leben aber in der Bundesrepublik, für uns gelten die deutschen Gesetze«, sagt der Vater einen Ton schärfer. »Außerdem bist du noch nicht volljährig, das darfst du nicht vergessen.«
»Das finde ich unfair, verdammt unfair«, empört sie sich. »Argumente, die dir nicht passen, einfach mit dem Hinweis abzublocken, daß ich sowieso von euch abhängig bin und ihr für mich entscheiden könnt.« Carola läßt sich nicht mehr bremsen. »Ich bin auch nicht für eine

Abtreibung, aber wenn wir uns darüber unterhalten, was wir tun können, dann muß man über alles reden. Ich kann es nicht ausstehen, wenn man uns dauernd eine Meinung aufdrängen will. Wir wollen hören, was ihr wißt, welche Erfahrungen ihr gemacht habt, wie ihr die Sache seht, aber entscheiden wollen wir selbst.«
Carola merkt nicht, daß ihre Mutter wieder hereinkommt.
»Ihr seid alle so verdammt sicher, was wir tun müssen. Du sagst, ich solle das Kind zur Welt bringen; Mutter werde es versorgen, bis ich ausgelernt habe. Mutter sagt, daß ich mein Kind selbst versorgen soll. Rüdigers Mutter ist dafür, es abtreiben zu lassen. Sein Vater ist dagegen, obwohl er keine Ahnung hat, wie alles weitergehen soll. Woher wißt ihr eigentlich alle so genau, was richtig und was falsch ist?«
In die letzten Worte hinein fließen Tränen. Carola kann sie nicht mehr zurückhalten. Sie beginnt zu schluchzen. Rüdiger legt behutsam den Arm um sie.
»Carola . . .«, die Mutter ringt nach Worten. »Du hast weiß Gott keinen Grund, dich so aufzuführen. Hättest du auf uns gehört, wärst du jetzt nicht in dieser Situation, und wir hätten nicht diese Sorgen. Wenn ich das schon höre, ›entscheiden wollen wir allein‹! Was könnt ihr denn allein ausrichten? Bitte! Sagt es mir! Wie wollt ihr allein fertig werden?«
Carola springt auf und rennt aus dem Zimmer. Rüdiger steht mit herabhängenden Armen da, schaut zur Tür, zu Carolas Vater, zur Mutter. Dann geht er auch hinaus.

12.

Carola sitzt gedankenversunken an der Schreibmaschine. Herr Gelzer legt einen Zettel vor sie hin. »Würden Sie mir bitte diesen Ordner holen; es ist sehr dringend«, fügt er noch hinzu.
Seit Carola in den letzten Tagen dreimal einen falschen Ordner aus der Registratur brachte, schreibt ihr Herr Gelzer die Nummer auf.
»Ja«, sagt sie. Während sie hinausgeht, schaut sie zur Uhr. Gott sei Dank, nur noch zehn Minuten.
Auf dem Korridor trifft sie Herrn Krauser von der Geschäftsleitung.
Auch das noch.
»Guten Tag, Herr Krauser.«
»Guten Tag, Fräulein Schreiber.« Er bleibt stehen. »Wie geht es Ihnen? Sie sind doch jetzt in der Buchhaltung, habe ich recht?«
»Ja, seit zwei Wochen«, antwortet sie und kann sich sofort denken, warum er fragt: Bestimmt hat der Gelzer mich bei Herrn Krauser schlechtgemacht.
»Das ist sicher eine große Umstellung gegenüber der Arbeit in den anderen Abteilungen«, sagt er verständnisvoll.
»Ja.«
»Na ja, Sie werden es schon schaffen.«
»Ich denke schon.«
»Also dann, machen Sie es gut.«
»Danke.« Carola weiß nicht, was sie sonst sagen soll, und ist froh, daß er in seinem Zimmer verschwindet.

Herr Diltes hat seinen grauen Arbeitsmantel schon ausgezogen und über einen Stuhl gehängt. Seine Tasche liegt griffbereit auf dem Schreibtisch. Er steht am Fenster und wartet auf das Hupzeichen.
Als Carola die Tür öffnet, erschrickt er ein wenig.
»Du kommst aber reichlich spät«, sagt er ärgerlich.
»Tut mir leid, Herr Diltes. Der Gelzer will diesen Ordner heute noch.« Sie streckt ihm den Zettel mit der Nummer entgegen.
»Der kann auch bis morgen warten.«
»Herr Diltes, bitte! Wenn ich ohne zurückkomme, schnauzt er mich wieder an.«
Herr Diltes nimmt den Zettel. »Aber nur, weil du es bist.«
»Danke«, sagt sie erleichtert.
Schneller als sonst kommt er mit dem Ordner zurück. »Da hast du ihn.«
»Vielen Dank.« Sie lächelt ihm zu.
»Schon gut. Nun mach aber, daß du rauskommst; es muß gleich hupen.«
Carola beeilt sich und schafft es gerade noch, Herrn Gelzer den Ordner zu geben, bevor der gräßliche Hupton ertönt.
»Na ja«, nuschelt er. Es hört sich an, als wolle er damit sagen, von Ihnen ist ja nichts anderes zu erwarten; es wundert mich, daß Sie den Ordner heute überhaupt noch gebracht haben. Dabei schaut er auffällig zur Uhr.
Carola überlegt einen Moment, ob sie sagen soll, daß Herr Krauser mit ihr gesprochen hat, doch der Hupton entscheidet für sie.

Schnell räumt sie ihren Arbeitsplatz auf, nimmt ihre Tasche, grüßt kurz und geht zusammen mit Frau Hornberg hinaus.
»Was der sagt, dürfen Sie nicht so ernst nehmen«, flüstert Frau Hornberg. »Wissen Sie, der möchte unbedingt Abteilungsleiter werden. Deswegen buckelt er nach oben und tritt nach unten.« Sie zwinkert Carola zu.
»Wem die Fähigkeiten nicht reichen, der muß es eben so versuchen.«
»Aber mir kann er ganz schön Schwierigkeiten machen, dieser miese Typ.«
»Sie sind ja nur für ein paar Wochen in der Buchhaltung; die gehen vorüber.«
»Zum Glück«, sagt Carola. »Wenn ich mir vorstelle . . .«
»Bis morgen!« »Auf Wiedersehen!« »Tschüs!« rufen fünf, sechs Vorbeieilende den beiden zu.
»Tschüs, bis morgen«, erwidern sie.
». . . wenn ich mir vorstelle«, nimmt Carola ihren abgebrochenen Gedanken wieder auf, »daß ich die ganze Zeit mit dem in einem Zimmer verbringen müßte, ich weiß nicht, was ich dann tun würde. Wie schaffen Sie das bloß?«
»Das ist gar nicht so schwierig«, erklärt Frau Hornberg. »Es gibt ein einfaches Mittel gegen solche Typen; man muß ihnen nur ein-, zweimal knallhart die Meinung sagen und deutlich machen, daß man keine Angst vor ihnen hat. Das wirkt bei fast allen.«
»Einfaches Mittel, sagen Sie.« Carola schluckt. »Mir bricht jetzt schon der Schweiß aus, wenn ich nur daran

denke, dem Gelzer oder sonst einem die Meinung ins Gesicht zu sagen.«
»Das glaube ich Ihnen gern; mir ging es am Anfang auch nicht anders.« Frau Hornberg schmunzelt. »Wissen Sie, was ich getan habe? Ich habe mir den vor mir Stehenden in langen Unterhosen vorgestellt. Sie glauben nicht, wieviel kleiner die ›großen Männer‹ dadurch werden.«
Carola bleibt mit offenem Mund mitten auf der Treppe stehen.
Einer der Nachfolgenden beschwert sich: »Was ist denn los?! Wollen Sie hier eine Versammlung abhalten?«
Carola dreht sich um, sieht den Mann von oben bis unten an, grinst und sagt: »Sie brauchen gar nicht so zu drängeln, Sie kommen sowieso überall zu früh.«
Der Angesprochene schnappt nach Luft, stammelt etwas von Unverschämtheit, heutiger Jugend, nicht gefallen lassen und drückt sich an ihr vorbei.
Andere schütteln die Köpfe, tuscheln im Vorübergehen oder lachen.
»Es klappt!« ruft Carola Frau Hornberg zu, die am Ende der Treppe wartet. »Ihr Mittel hat gewirkt!«
»Na sehen Sie, was habe ich gesagt.«
»Fantastisch!« Sie ist ganz begeistert.
»Dort drüben wartet mein Mann«, sagt Frau Hornberg und verabschiedet sich. »Also dann, bis morgen.«
»Bis morgen.«

Kurz vor fünf Uhr ist Carola beim Autohaus Biwanger und hält nach Rüdigers Wagen Ausschau.
Hinter einem Mercedes entdeckt sie ihn. Sie will sich

hineinsetzen, aber beide Türen sind abgeschlossen. An einen Kotflügel gelehnt, wartet sie auf Rüdiger.
Er winkt ihr schon von weitem zu. Carola winkt zurück.
»Na, bin ich nicht pünktlich?«
»Doch, ausnahmsweise.«
Rüdiger überhört das »ausnahmsweise« und drückt Carola einen Kuß auf die Backe.
»Wohin fahren wir jetzt?«
»Mir egal – aber nicht so weit, ich muß um sieben ins Training.«
Carola erwidert nichts. Sie will heute nicht über Fußball streiten.
»Fahren wir zu mir.«
»Ich möchte lieber irgendwo draußen sitzen, im Grünen«, sagt sie.
»Also gut, fahren wir ein Stück hinaus.«
Noch während der Fahrt fragt Carola: »Hast du nochmals über alles nachgedacht?«
»Natürlich.«
»Und?«
»Am einfachsten wäre wahrscheinlich eine Abtreibung. Trotzdem . . .«
»Für dich vielleicht . . .«
»Ich bin noch nicht fertig«, sagt Rüdiger ruhig. »Trotzdem bin ich nicht dafür.«
»Warum nicht?«
Er antwortet nicht sofort.
»Ich glaube, wir würden uns hinterher ständig Vorwürfe machen. Überleg mal: Später würden wir immer den-

ken, wie alt es jetzt wäre, was es gerade tun würde und so weiter.« Er spricht behutsam. »Einmal ganz abgesehen davon, daß du durch einen solchen Eingriff vielleicht nie mehr ein Kind bekommen könntest. Ich habe gestern gelesen, daß das gar nicht so selten ist.«
»Vorsicht!« ruft Carola plötzlich.
Rüdiger tritt hart auf die Bremse. Die Reifen kreischen kurz auf. Beinahe hätte er den vor ihm haltenden Wagen gerammt. Er ist so erschrocken, daß er nicht einmal zu schimpfen anfängt.
»Es ist wohl besser, wir reden erst nachher weiter.«

Rüdiger biegt in den ersten Waldweg ein und hält nach wenigen Metern.
Sie steigen aus.
»Was du vorhin gesagt hast, klingt einleuchtend. Aber ist dir klar, was es bedeutet, ein Kind zu haben?«
»Du fragst dauernd mich«, wehrt sich Rüdiger. »Was denkst denn du eigentlich?«
»Ich denke, daß es verdammt schwer ist, ein Kind zu haben. Für uns besonders.«
»Warum?«
»Weil ich auf jeden Fall meine Lehre zu Ende machen will. Also muß während dieser Zeit jemand für das Kind da sein.«
Sie pflückt eine Blume.
»Die Meinung meiner Mutter dazu kennst du ja, und deine Mutter wird wohl auch kaum bereit sein, ihre Arbeit aufzugeben und zuhause zu bleiben.«
Sie bleibt stehen und sieht Rüdiger an. »Was dann?«

Rüdiger sucht nach einer Antwort, die gleichzeitig eine Möglichkeit ist. »Glaubst du, sie lassen sich nicht mehr umstimmen?« Wie um sich selbst Mut zu machen, fügt er hinzu: »Wenigstens eine von beiden?«
»Meine Mutter bestimmt nicht, das möchte ich auch gar nicht«, sagt sie schnell. »Ich will kein Oma-Kind, jedenfalls nicht von meiner Mutter.«
»Dann müssen wir nochmals mit meiner Mutter reden . . .«
»Oder uns nach einer Kindertagesstätte umsehen.«
»Kindertagesstätte?« wiederholt er fragend, »was ist denn das überhaupt?«
»Da bringt man die Kinder morgens hin und holt sie abends wieder ab, glaube ich.«
»Kommt gar nicht in Frage; eher bleibe ich zuhause und versorge das Kind – ja, das ist die Idee!« ruft Rüdiger, von seinem Einfall begeistert. Er nimmt Carola in die Arme und lacht. Bevor sie etwas sagen kann, wiederholt er: »Daß wir darauf nicht früher gekommen sind! Dabei ist es so einfach: Ich bleibe bei dem Kind.«
»Du bist ja verrückt.«
»Wieso denn?« fragt Rüdiger immer noch strahlend.
»Das geht doch nicht«, versucht Carola eine Antwort, »das kannst du doch gar nicht . . .«
»Was kann ich nicht?« Langsam verschwindet das Lachen aus Rüdigers Gesicht.
Carola antwortet nicht.
»Ein Kind versorgen, das wolltest du doch sagen, nicht wahr?« Er ist gekränkt.
»Mein Vater kocht ja auch oder bügelt abwechselnd mit

meiner Mutter unsere Wäsche. Ich habe bisher nicht gemerkt, daß meine Hemden nicht in Ordnung sind, wenn mein Vater sie gebügelt hat.«
»Das ist doch etwas anderes.«
»Und die Hausmänner, hast du noch nie etwas von Hausmännern gehört?«
»Rüdiger, bitte, laß uns nicht streiten.«
»Dann mach du mal einen besseren Vorschlag.«
»Sei doch vernünftig«, sagt Carola leise. »Ich freue mich riesig, daß du das machen würdest. Aber hast du schon mal daran gedacht, was so ein Kind kostet? Wo soll denn das Geld herkommen, wenn du nicht arbeiten gehst?«
»Verdammter Mist!« Er stößt mit dem Fuß gegen einen Stein.
»Wir müssen in Zukunft sowieso mehr sparen.«
»Warum schaust du mich dabei so an?«
»Du weißt genau, was ich meine.«
»Ich will nicht immer nur zu Hause sitzen, ich will etwas erleben, solange ich noch jung bin«, verteidigt er sich.
»Und mein Auto verkaufe ich deswegen auch nicht, das kannst du gleich vergessen.«
»Wenn dir deine Hobbys wichtiger sind, dann ist es wohl das beste, wie lassen es abtreiben«, sagt Carola enttäuscht.
»Das habe ich nicht gesagt; du drehst mir das Wort im Mund herum.«
»Dann sage ich eben nichts mehr.«
»Du tust . . .« Rüdiger sieht Carola aus den Augenwinkeln an und schweigt.
Wortlos gehen sie nebeneinander her.

»Versteht mich bitte nicht falsch, ich will euch natürlich helfen; aber meine Arbeit werde ich nicht aufgeben.«
Rüdiger ist die Enttäuschung deutlich anzusehen.
»Du hast doch selbst gesagt, Carola soll unter allen Umständen ihre Ausbildung abschließen . . .«
»Richtig.«
»Das will sie auch. Was sie nicht will, ist, daß ihre Mutter sich um das Kind kümmert . . .«
»Da hat sie recht«, stimmt sie ihrem Sohn zu. »Es ist nicht gut, wenn Omas ihre Enkelkinder großziehen . . .«
»Aber jemand muß es großziehen!«
»Deswegen brauchst du nicht zu schreien, ich höre noch gut.«
»Dann gib mir mal eine Antwort; wer soll das Kind versorgen, wenn Carola und ich den ganzen Tag arbeiten?«
»Das hättet ihr euch früher überlegen sollen, anstatt mir jetzt Vorwürfe zu machen.«
»Ich mache dir keine Vorwürfe . . .«
»Es hört sich aber sehr danach an.«
»Ich hätte nur ein wenig mehr Verständnis von dir erwartet.«
»Ich habe also kein Verständnis, weil ich meine Arbeit nicht aufgeben will.« Sie wird lauter. »So können wir nicht . . .«
»Was ist denn heute los mit euch?« unterbricht sie ihr Mann. »Wenn ihr beide euch gegenseitig Vorwürfe macht, hilft uns das garantiert unheimlich weiter.« Das »unheimlich« zieht er sehr in die Länge.
»Du hast recht«, sagt sie, »trotzdem . . .«

»Trotzdem müssen wir eine Möglichkeit finden, wie wir das alles organisieren.«
»Aber bitte nicht nur auf meine Kosten.«
»Das will doch niemand.«
»Dann ist es ja gut.«
Rüdiger sieht seine Mutter eine Weile an, den Mund leicht geöffnet. Bevor er etwas sagt, beginnt Carola zu reden. »Wir sind im Grunde auch der Meinung, daß es normalerweise nicht besonders gut ist, wenn Großmütter Kinder aufziehen, aber es gibt Ausnahmen.« Sie schaut Rüdigers Mutter direkt in die Augen. »Du bist eine Ausnahme.«
»Es freut mich, daß du das denkst.«
»Könntest du nicht in den nächsten zwei Jahren nur halbtags arbeiten, bis ich meine Prüfung gemacht habe?«
»Den Vorschlag finde ich überlegenswert«, sagt der Vater und fügt gleich noch einen weiteren hinzu: »Ich könnte zum Beispiel früher oder später zur Arbeit gehen, je nachdem, was günstiger wäre. Das ist überhaupt kein Problem. Wir haben ja gleitende Arbeitszeit.«
»Genau«, sagt Rüdiger.
»Dein Vater arbeitet doch auch bei der ACBA«, überlegt Rüdigers Vater weiter, »der kann ja dann ebenfalls gleiten.«
»Als ob es damit getan wäre! Der eine geht ein bißchen später zur Arbeit, der andere kommt ein bißchen früher nach Hause, so einfach ist das.« Rüdigers Mutter kann sich kaum noch beherrschen. »Ihr habt vielleicht Vorstellungen. Was meint ihr, wieviel Zeit so ein Kind in Anspruch nimmt? Das muß den ganzen Tag versorgt

werden, aber nicht jede Stunde von einem andern. So geht das nicht. Deswegen wäre es das Vernünftigste . . .«
Carola steht auf und geht hinaus.

13.

Am Freitagmorgen um neun Uhr hat Carola einen Termin beim Arzt. Dr. med. E. Fritsch, Facharzt für Frauenkrankheiten, steht auf einer der silbernen Tafeln neben dem Eingang.
Die Tür ist nicht verschlossen. Carola geht hinein und steigt die Treppe hoch. Es ist angenehm kühl in dem weiß gekachelten Treppenhaus.
E. & H. Burmeister, Rechtsanwälte. Volker B. Ruddel, Steuerberater. Dr. med. Roland Sasser, Arzt für Allgemeinmedizin. Sie liest die Namen und Berufsbezeichnungen im Vorübergehen.
Dr. med. E. Fritsch! Sie drückt leicht gegen die Tür. Auch diese ist nicht verschlossen.
PRIVAT steht an der ersten der vier Türen; LABOR an der nächsten; schräg gegenüber WARTEZIMMER. Dahinter sind Stimmen zu hören. Carola hält ein Ohr dicht an die Tür. Jetzt hört sie es ganz deutlich: Reden und lachen. Sie vergewissert sich nochmals, ob es sich auch wirklich um das Wartezimmer handelt, und klopft dann kurz an. Niemand ruft »Herein«.
Vorsichtig öffnet sie die Tür und geht hinein. Mehrere Frauen, ein Mann und zwei Kinder sitzen in dem Raum. Ein kleiner Junge kriecht unter dem Zeitschriftentisch durch. Nach und nach verstummen alle Anwesenden und beobachten gespannt, wie der Kleine auf Händen und Füßen zu einem etwas größeren Jungen in kurzen Hosen schleicht, eine Pistole aus der Tasche zieht und die unbedeckten Beine des größeren naß spritzt.

Dann lacht er laut. Damit löst sich die Spannung in ein allgemeines Lachen und Schmunzeln auf. Die Leute beginnen wieder, miteinander zu reden.
»Das ist schon ein gewitztes Kerlchen«, sagt eine ältere Frau. »Wie alt ist es denn?«
»Nächsten Monat wird er drei.«
»Erst!« Einige Frauen sind erstaunt.
»Ich hätte ihn auch älter geschätzt.«
»Die Kinder entwickeln sich heute eben viel schneller als zu unserer Zeit.«
Der kleine Junge merkt, daß von ihm gesprochen wird und hört aufmerksam zu.
»Ist er nicht süß?« fragt die Frau, neben die sich Carola gesetzt hat.
»Doch, sehr.« Sie schielt zu der Frau hinüber, die über ihrem gewölbten Bauch die Hände gefaltet hat.
»Kinder sind doch etwas Schönes«, sagt die Frau – mehr zu sich selbst als zu Carola.
»Ja...«
Sie muß immerzu das Gesicht der Frau anschauen.
»Habe ich etwas an mir?« fragt diese verunsichert.
Carola wird knallrot. »Nein, nein!«

> *Was wird sie jetzt wohl von mir denken?*
> *Wie kann man jemanden nur so idiotisch anstarren?*
> *Ob ich's ihr sagen soll?*
> *Vielleicht versteht sie mich nicht.*
> *Dann sitze ich noch blöder da.*
> *Scheiß Situation!*

Dieses Gesicht!
Möcht wissen, ob es stimmt.
Ach was, ich frag sie einfach.

»Entschuldigen Sie bitte, daß ich Sie so angestarrt habe, aber . . . ich . . .« Carola stolpert über die Worte. »Ich . . . sind Sie glücklich?«
Ohne zu überlegen, antwortet die Frau: »Ja, sehr sogar.« Sie sieht Carola erstaunt an. »Warum fragen Sie mich das?«
Wieder wird Carola ein wenig rot. »Sie sehen so . . . so . . . eben so glücklich aus.«
»Ja, finden Sie?« Die Frau freut sich.
Bevor Carola noch etwas fragen kann, öffnet sich eine Tür. »Frau Weinberg«, ruft die Sprechstundenhilfe und blickt in die Runde. »Sind Sie Fräulein Schreiber?«
»Ja.«
»Sie können auch gleich mitkommen.«
Carola erhebt sich und legt die Zeitschrift, in die sie noch keinen Blick geworfen hat, schnell auf den Tisch.
»Sie sind zum erstenmal bei uns?«
»Ja.«
Sie holt eine Karteikarte, spannt sie in die Schreibmaschine ein und beginnt zu tippen.
Während sie Carolas Angaben einträgt, fragt sie: »Haben Sie einen Krankenschein dabei?«
»Ja.« Carola greift in ihre Tasche. Er liegt ganz oben.
»Gut. Sie können draußen wieder Platz nehmen. Ich rufe Sie dann später herein.«
»Danke.«

»Augenblick noch«, sagt die Sprechstundenhilfe, »die Urinprobe, Sie haben sie doch dabei? Die hätte ich jetzt beinahe vergessen.«
Carola holt ein halbvolles Glas aus ihrer Tasche. »Hier.«
»Danke.«
Einen Moment steht sie noch an der Tür, dann geht sie hinaus. Im Wartezimmer nimmt sie sich wieder eine Zeitschrift und setzt sich auf denselben Stuhl.
Inzwischen hat das Spiel mit der Wasserpistole erneut begonnen. Wieder unterbrechen alle ihre Unterhaltung und beobachten die beiden Jungen. Der kleine freut sich genauso wie beim ersten Mal, als der Wasserstrahl die Beine des größeren trifft. Doch der findet das Spiel jetzt nicht mehr so lustig.
»Mutti, er soll aufhören.«
»Nun sei kein Spielverderber«, bittet ihn seine Mutter. »Du siehst doch, wieviel Spaß es dem Daniel macht. Die paar Tropfen Wasser sind doch nicht so schlimm.« Sie streicht ihm mit der Hand über die Haare.
»Aber ich will nicht mehr«, wehrt sich der Junge. »Er soll mal jemand anders anspritzen.«
»Er kann doch nicht fremde Leute anspritzen.« Die Mutter weist diesen Vorschlag entschieden zurück.
»Warum nicht?«
»Martin!«
Der Kleine kriecht schon wieder unter den Tisch.
»Ich kaufe dir auch ein großes Eis, wenn wir hier fertig sind«, versucht die Mutter ihren Ältesten zu bestechen. Das wirkt.
Erst jetzt fällt Carola das Bild auf, das ihr gegenüber an

der Wand hängt. Ein Storch trägt im Schnabel einen Korb. In dem Korb sitzt ein Baby und winkt. Darunter steht handgeschrieben: Auf Wunsch auch Rooming in. Rooming in – Carola überlegt, kann aber mit dem Wort nichts anfangen.
Ohne den Kopf zu drehen, läßt sie ihre Augen weiterwandern, über Leiber, Hände, Gesichter, Bilder. Zwei Frauen haben ähnlich weiche Gesichtszüge wie die Frau, die neben ihr gesessen hat. Die anderen nicht.
Ihr Blick bleibt an einem vergrößerten Foto hängen. Eine glücklich lächelnde Mutter sitzt in einem Schaukelstuhl. Das Baby liegt in ihrem Arm und saugt an der Brust.
Stillen – Babys bester Start ins Leben, steht in geschwungenen Buchstaben über der Fotografie.
»Frau Gottschalch, bitte.«
Die Mutter der beiden Buben erhebt sich.
»Paß ein bißchen auf Daniel auf«, sagt sie zu Martin, »damit er keine Dummheiten macht.« Und zu Daniel: »Mami kommt gleich wieder. Sei schön brav.«
Kaum ist seine Mutter hinter der Tür verschwunden, fängt Daniel an zu quengeln und drückt sich an seinen Bruder. Der zieht ihn ein wenig unsanft hoch, setzt ihn neben sich auf den Stuhl und hält ihn fest.
Der Mann spricht mit dem Kleinen; es gelingt ihm, ihn mit Hilfe von einfachen Zaubertricks abzulenken.
Wenig später kommt die Mutter wieder.
Nachdem sie mit ihren Söhnen gegangen ist, wird es in dem Wartezimmer stiller. Alle blättern in Zeitschriften und heben nur die Köpfe, wenn sich eine Tür öffnet.

Carola liest in einem Heft über Schwangerschaft:

> *In der Fruchtwasserblase lebt das Ungeborene schwerelos wie ein Astronaut in der Raumkapsel. Noch verschläft es viele Stunden des Tages, aber wenn es wach ist, verspürt es einen Drang zu »arbeiten«: Es macht Bewegungsübungen, runzelt die Stirn, spreizt die Zehen, lutscht am Daumen und schwimmt in seinem Ballon herum. Schon ab der 24. bis zur 26. Woche kann das Ungeborene hören. Der Herzschlag und die Stimme der Mutter sind ihm bald vertraut. Aber auch die Geräusche . . .*

»Fräulein Schreiber, kommen Sie bitte.«
Carola legt die Zeitschrift auf den Stuhl.
»Sie können gleich ins Sprechzimmer gehen.«
Die freundliche, junge Frau legt die Karteikarte auf den Schreibtisch. »Nehmen Sie doch Platz, der Herr Doktor kommt sofort.«
Wie in einem gewöhnlichen Büro bei der ACBA sieht es aus. Weiße Wände, Schreibtisch, Telefon, Papierkram, Aktenschränke aus Metall, Neonröhre an der Decke. Carola ist enttäuscht. So hat sie sich das Zimmer eines Frauenarztes nicht vorgestellt.

Auch die Bilder gefallen ihr nicht. Abstrakte Kunst. Bei einem glaubt sie, ein Mädchen mit Pferdeschwanz zu erkennen. Es könnte aber auch ein eng verzweigtes Straßennetz sein.
Die anderen zwei sagen ihr gar nichts.
Kunst!
Sie schüttelt den Kopf.
Das einzig Schöne in dem Zimmer sind die Blumen.
»Guten Tag«, der Arzt wirft einen Blick auf die Karteikarte, »Fräulein Schreiber.« Er gibt Carola die Hand.
»Guten Tag.«
»Sie waren noch nie bei uns?«
»Nein.«
»Und warum kommen Sie? Wo fehlt's?« Er lehnt sich zurück und sieht Carola aufmerksam an.
»Meine Regel hat ausgesetzt.« Mehr sagt sie im ersten Anlauf nicht.
Doktor Fritsch sitzt ruhig in seinem Sessel. Sein Haar ist fast grau und glatt nach hinten gekämmt. Er wirkt sehr korrekt und strahlt Vertrauen aus.
»Seit 19 Tagen.«
»Das ist allerdings ein bißchen lange.« Er beugt sich leicht vor. »Ist es möglich, daß eine Schwangerschaft vorliegt?«
Carola nickt, ohne aufzusehen.
»Wäre das sehr schlimm?«
Sie zieht die Schultern hoch und sagt gleichzeitig: »Eigentlich nicht.«
Doktor Fritsch wartet, doch als Carola nicht weiterredet, fragt er: »Was sagt der Vater des Kindes dazu?«

»Jetzt freut er sich.«
»Und Sie?«
»Ich auch ... es ist nur ... ich bin noch so jung ... und meine Ausbildung ... ein Kind macht eben alles so kompliziert.«
»Leben Sie bei Ihren Eltern?«
»Ja.«
»Wissen sie Bescheid?«
»Ja.«
Carola beginnt zögernd und erzählt Doktor Fritsch nach und nach, was ihre und Rüdigers Eltern zu der Schwangerschaft meinen.
»Und was halten Sie selbst von einer Schwangerschaftsunterbrechung?«
Carola überlegt lange, bevor sie antwortet.
»Es wäre wahrscheinlich der einfachere Weg, aber wir wollen es nicht.«
»Sind Sie und der Vater des Kindes sich einig?«
»Mhm. Wir haben viel darüber nachgedacht; jetzt glauben wir beide, daß eine Unterbrechung falsch wäre.«
»Wann hatten Sie denn Ihre erste Regel?«
Carola versteht nicht, was er mit der Frage meint.
»Mit wieviel Jahren?«
»Mit dreizehn, glaube ich.«
»Kam sie immer regelmäßig?«
»Meistens – vielleicht einmal zwei oder drei Tage zu spät, aber nicht oft.«
»Wie stark ist Ihre Periode, wieviel Tage dauert sie?«
»Normalerweise vier Tage.«
»Haben Sie Schmerzen während dieser Zeit?«

»Nein, nicht besonders.«
»Nehmen Sie Verhütungsmittel?«
Carola wird zum erstenmal verlegen. »Ja, a-gen 53.«
Doktor Fritsch notiert sich etwas. Dann nimmt er die Karteikarte und erhebt sich. »Würden Sie bitte mitkommen.«
Der Nebenraum ist voll mit Apparaten und Geräten. Mitten im Zimmer steht der Untersuchungsstuhl.
»Machen Sie sich bitte unten frei – dort drüben in der Kabine.«
Carola zieht Schuhe, Jeans und Slip aus. Sie fühlt sich unbehaglich.
»So«, sagt Doktor Fritsch mit seiner tiefen Stimme, »jetzt legen Sie sich hier drauf, dann wollen wir mal nachsehen.«
Sie steigt auf den Untersuchungsstuhl und hängt die Beine über die beiden Halter am unteren Ende des Stuhles, wie sie es schon in Filmen gesehen hat.
»Ein klein wenig weiter nach vorne.«
Er zieht einen Plastikhandschuh an und greift Carola ab.
»Die Gebärmutter liegt leicht nach links.«

Ob das schlimm ist?
Vielleicht kann ich gar keine
Kinder bekommen.
Die ganze Aufregung umsonst; das
wäre was!
Aber der Test . . . Au!
Verdammt, ist das kalt – oder
ist es heiß?

*Ich spüre überhaupt nichts mehr.
Das hätte ich nie gedacht.
Komischer Beruf für einen Mann:
Frauenarzt.
Also ich würde . . .*

»Schon fertig. Sie können sich wieder anziehen. Es ist alles in Ordnung.«
Er trägt das Ergebnis der Untersuchung in die Karteikarte ein.
Die Sprechstundenhilfe streckt den Kopf zur Tür herein. »Der Befund ist positiv.«
Obwohl Carola das im Grunde wußte, gibt ihr diese Mitteilung doch einen kleinen Stich. Ganz heimlich hat sie immer noch gehofft, daß bei der Untersuchung etwas anderes herauskommen würde.
Jetzt ist es endgültig.
»Danke«, sagt Doktor Fritsch.
Carola kommt aus der Kabine. Man sieht ihr an, daß sie die Tränen nur mit Mühe zurückhalten kann.
»Na na, was ist denn?« Er geht auf Carola zu. »Freuen Sie sich, daß Sie gesund sind und ein Kind bekommen können. Sie werden ja«, er nimmt die Karteikarte, »in ein paar Monaten achtzehn. Wenn man jung ist, soll man Kinder bekommen, sage ich immer, auch wenn es manchmal ein paar Probleme mit sich bringt. Die lassen sich lösen. Aber biologisch gesehen ist es nur von Vorteil; die Schwangerschaft und die Geburt sind in der Regel viel leichter. Und für die Kinder ist es auch besser, wenn sie junge Eltern haben. Glauben Sie mir.«

»Das hat mein Freund auch gesagt.«
»Na sehen Sie, alles andere wird sich schon finden. Wenn so ein Kind erst mal da ist, verändert es auch die Menschen um sich herum, besonders die Großeltern. Das höre und sehe ich immer wieder.«
Carola nickt.
»Hier ist der Mutterpaß«, sagt die Sprechstundenhilfe und gibt ihn Doktor Fritsch.
»Danke. Dann wollen wir alles gleich eintragen.«
Lange, schmale Finger hat er und eine schöne Schrift.
»Jetzt muß ich noch ein paar Auskünfte haben. Zuerst das Wichtigste: Hatten Sie schon Röteln?«
»Ja.«
»Andere Kinderkrankheiten?«
»Mumps, sonst keine, glaube ich.«
Doktor Fritsch hakt alle Krankheiten ab, die in dem Mutterpaß aufgeführt sind und kreuzt das jeweils Zutreffende an.
Zum Schluß will er noch wissen, ob Carola raucht und Alkohol trinkt.
»Alkohol trinke ich nur sehr selten, und rauchen tue ich gar nicht.«
»Das ist prima, damit tun Sie sich und Ihrem Kind viel Gutes.«
Er schiebt seinen Sessel zurück. »Für heute wären wir fertig. In Zukunft sollten Sie alle vier Wochen zur Vorsorgeuntersuchung kommen. Lassen Sie sich von Fräulein Dübler für das nächste Mal gleich einen Termin geben und bringen Sie Ihren Mutterpaß mit. Den müssen Sie ab jetzt immer bei sich tragen.

Haben Sie sonst noch eine Frage?«
Carola schüttelt den Kopf. »Im Moment nicht«, sagt sie, obwohl sie noch viele Fragen hätte.
»Hier haben Sie noch ein paar Informationsbroschüren. Wenn Sie die aufmerksam durchlesen, werden Sie manche Tips, Hinweise und Ratschläge erhalten.«
»Danke.«
»So, das wär's. Auf Wiedersehen, und passen Sie gut auf sich auf.«
»Auf Wiedersehen.«

14.

Lichtblitze zucken. Gelbe, grüne, blaue und rote Lichtblitze.
Körper zucken. Gelbe, grüne, blaue und rote Körper. Die kleine Tanzfläche ist übervoll. Carola gibt Rüdiger mit dem Kopf ein Zeichen. Er nickt zurück. Sie drängen sich mühsam durch die pulsierende Masse und müssen dabei Stöße und Tritte einstecken.
In dem schmalen Gang zwischen der Bartheke und den Sitzgruppen ist noch ein wenig Platz. Carola und Rüdiger stehen sich gegenüber, müssen erst wieder neu in die Musik einsteigen, sehen sich kurz in die Augen und beginnen gleichzeitig zu tanzen. Weich und geschmeidig sind die Bewegungen der beiden, fast synchron. Sie lächeln sich zu.
In die letzten Takte der Musik fällt die rauchige Stimme des Discjockeys, der etwas von Sehnsucht und Träumen, von Liebe und Glück und von »einer echt guten Scheibe, die ich jetzt für euch auflege«, faselt.
Erwartungsvoll sehen einige zu ihm hinüber. Die meisten stehen gespielt gelangweilt herum oder wechseln schnell ein paar Worte.
Schon nach wenigen Tönen drücken sich die ersten von der Tanzfläche. Sie stehen nicht auf langsame Titel. Andere erheben sich von ihren Plätzen, beginnen eng aneinandergeschmiegt zu tanzen. Wie Carola und Rüdiger. Sie vergessen alles um sich herum. Auch die Musik hören sie wie von ferne; sie bewegen sich kaum noch, versinken in den Augen des anderen.

Plötzlich flüstert Rüdiger ihr etwas ins Ohr; sie tut empört und kneift ihn in die Backe. Dann lachen beide laut los.
Das Ausklingen der Platte wird von einem hämmernden Schlagzeugsolo abgefangen: Rock!
Nach einem Überraschungsmoment legen Carola und Rüdiger los. Alles an ihnen ist in Bewegung. Arme, Beine und Haare fliegen. Sie rocken wie schon lange nicht mehr.
Als die Platte zu Ende ist, stehen sich die beiden noch einen Augenblick wie benommen gegenüber.
»Mensch, hab ich jetzt einen Durst«, sagt Rüdiger.
»Und ich erst!« Sie gehen an ihren Tisch.
»Hallo!« ruft Carola, bläst sich die Haare aus der Stirn und sucht zwischen den vielen Gläsern ihre Cola.
»He, sag mal, was ist eigentlich mit euch beiden los?« fragt Charly. »Ihr flippt ja echt aus. So kenn ich euch gar nicht.«
»Tja, wer kann, der kann!« Carola lacht übermütig.
»Bist neidisch, was?«
»Und wie.«
»Komm, rutscht mal ein bißchen!« Rüdiger und Carola zwängen sich neben Susanne und Charly.
»Find ich toll, daß wir alle mal wieder zusammen sind.« Carola hebt ihr Glas. »Darauf müssen wir anstoßen.« Alle prosten sich kräftig zu.
»Du«, Charly stößt Rüdiger an, »hast du Lust, am nächsten Samstag mit nach Stuttgart ins Neckarstadion zu fahren? Ich hab drei Karten organisiert.«
»Spitze!« ruft Rüdiger. »Wie hast du denn das geschafft?«

»Beziehungen«, antwortet Charly vielsagend.
Rüdiger bemerkt Carolas Blick nicht.
»Du müßtest allerdings fahren, weil meine Karre diese Strecke nicht mehr bringt.«
»Ist doch klar.«
»Also abgemacht?«
»Abgemacht.«
Der Discjockey legt eine neue Platte auf. Den Refrain singt er mit: »Du bist frei, doch wie frei willst du sein, darauf kommt es an . . .«
»Hier drin hängt vielleicht ein Mief«, stöhnt Rüdiger, »ist ja nicht mehr zum Aushalten.« Er greift nach einem Bierdeckel und wedelt damit wie wild vor seinem Gesicht herum.
Carola sagt nichts.
»Willst du noch bleiben?«
»Nicht unbedingt.«
»Dann los, gehen wir.«
Rüdiger beugt sich vor und klopft ein paarmal auf den Tisch. »Bis morgen.«
»Tschüs«, sagt Carola.
»Tschüs«, erwidern die anderen.
Den Gang entlang und die Treppe hoch, überall lehnen Leute, rauchen, trinken, reden, knutschen. Es ist kaum ein Durchkommen.
»Endlich frische Luft!« ruft Rüdiger und atmet mehrmals tief durch.
»Warum sagst du denn nichts mehr?«
Carola antwortet nicht.
»Ist es wegen dem Spiel am nächsten Samstag?«

Wieder gibt sie keine Antwort.
Sie gehen zu seinem Wagen. Er schließt auf, setzt sich hinein und öffnet die Beifahrertür.
»Wenn es so schlimm ist, sage ich Charly morgen, daß ich nicht mitfahren kann.«
»Darum geht es doch gar nicht.«
»Worum dann?«
»Das weißt du selbst.«
»Nun sag schon, was ich falsch gemacht habe und laß dir nicht jedes Wort einzeln aus der Nase ziehen.«
Keine Antwort.
»Bitte«, sagt er gereizt.
»Du hättest mich wenigstens fragen können.«
»Ich habe ja schon gesagt, daß ich nicht mitfahre.«
»Du weißt sehr gut, wie ich das meine.«

15.

Montag. Der schlimmste Tag für Carola.
Montagmorgen!
In den Kleidern stecken noch die Sonntagsmenschen. Sie wirken hölzern, passen noch nicht in steifgebügelte Blaumänner, in graue oder weiße Arbeitsmäntel, werden erst allmählich wieder zu Auszubildenden, Arbeitern, Angestellten, Vorgesetzten.
»Guten Morgen, Herr Gelzer.« Carola bemüht sich, ihn freundlich anzusehen.
»Morgen, Fräulein Schreiber.« Er ist gerade dabei, seine Thermosflasche im untersten Fach des Schreibtisches zu verstauen. »Na, haben Sie das Wochenende gut verbracht?«
»Es ging.«
»Das klingt aber nicht gerade begeistert.«
»Guten Morgen«, wünscht Frau Hornberg.
»Morgen.«
Herr Gelzer sieht zur Uhr. »Eine Minute vor dem Hupen, wie schaffen Sie das bloß immer so genau?«
»Berechnung«, sagt sie nur, stellt ihre Tasche in den Wandschrank, geht zum Buchungsautomaten, nimmt die Hülle ab, faltet sie sorgfältig zusammen und legt sie in eine Schublade.
Ein langgezogener Hupton fordert zum Arbeitsbeginn auf.
»Na, dann wollen wir mal«, sagt Herr Gelzer, reibt sich die Hände, schlägt einen Aktenordner auf und blättert darin.

Frau Hornberg spannt ein Kontoblatt in den Buchungsautomaten, macht ein paar Fingerübungen und beginnt zu tippen.
Carola muß Mahnungen einkuvertieren.
Die drei arbeiten still vor sich hin, bis nach etwa einer Stunde die Tür geöffnet wird. Herein kommt Herr Ortlein vom Verkauf, in der Hand einen Schnellhefter.
»Guten Morgen!«
»Morgen«, erwidern Frau Hornberg und Carola.
»Morgen Kurt«, grüßt Herr Gelzer erfreut zurück. Dann fragt er wie jeden Montagmorgen: »Was gibt's Neues?«
»Nichts Besonderes, ich wollte nur mal sehen, wie es dir geht«, antwortet Herr Ortlein ebenfalls wie immer.
»Das ist aber nett von dir.«
Frau Hornberg sieht Carola an, deutet mit dem Kopf auf die beiden Männer und zieht ein Gesicht, als wolle sie sagen: Bei denen ist alles zu spät.
»Sieh dir mal diesen Brief an«, sagt Herr Ortlein und legt den aufgeschlagenen Schnellhefter vor Herrn Gelzer hin. »Geschrieben von einer Sachbearbeiterin!« Seine Stimme wird höher. »Ich sag ja immer, was sich heute alles Industriekaufmann nennen darf, ist kaum zu glauben!«
»Wem sagst du das«, stimmt Herr Gelzer kopfnickend zu. »Für manche wäre es wirklich besser, sie würden unten an einer Maschine stehen; für den Betrieb übrigens auch.« Es ist unüberhörbar, wen er damit meint.
»Ich habe schon viel erlebt seit ich bei der ACBA bin, aber so etwas wie die Stegmeier ist mir noch nicht unter-

gekommen. Die stellt alles an Dummheit in den Schatten, was bisher durch dieses Haus ging, und das war bestimmt nicht wenig, oder?« Er schlägt Herrn Gelzer kumpelhaft auf die Schulter.
»Wahrscheinlich hat sie ihre Fähigkeiten mehr auf einem anderen Gebiet.«
Beide lachen.
»Wie die schon daherkommt, das sagt doch alles. Und dann rennt sie am Tag garantiert zwanzigmal aufs Klo. Ich möchte mal wissen, was die da so oft treibt.«
»Das glaube ich dir«, sagt Herr Gelzer grinsend. Und hinter vorgehaltener Hand fügt er hinzu: »Vielleicht fehlt ihr ein Mann.« Dabei zwinkert er mit einem Auge.
»Du, da ist was dran. Wenn die jungen Dinger nicht einen haben, der es ihnen ab und zu mal richtig besorgt, dann ist mit denen bei der Arbeit nichts mehr anzufangen.«

Ihr Schweine!
Ihr dreckigen Schweine!
Alles müßt ihr in den Schmutz ziehen.

»Sie tun mir leid, sehr leid sogar, wenn sie an nichts anderes mehr denken können«, sagt Frau Hornberg ruhig.
Die beiden Männer werden verlegen.
»Man wird doch noch einen Spaß machen dürfen«, entgegnet Herr Ortlein kleinlaut.
»Ein schöner Spaß ist das, auf Kosten eines jungen Mädchens, das sich nicht wehren kann.«

Er antwortet nichts mehr, beugt sich tief über den Schnellhefter, tuschelt noch kurz mit Herrn Gelzer und verläßt grußlos den Raum.
Wenig später geht auch Herr Gelzer hinaus.
»Frau Hornberg, Sie sind einfach spitze! Wenn ich das so könnte wie Sie – aber ich schaff's nicht«, gesteht Carola.
»Als Lehrling habe ich mich auch noch nicht getraut; das ist nicht verwunderlich, da ist man doch noch viel mehr abhängig. Wichtig ist nur, daß man sich nicht zum ewigen Lehrling machen läßt und womöglich auch bei den dümmsten und schmutzigsten Geschichten mitlacht.«
»Ich wollte einfach aufstehn und rausgehn, aber nicht einmal das habe ich fertiggebracht.«
»Das kommt noch, nur Geduld«, versucht Frau Hornberg Carola zu trösten. »Wissen Sie was, nächstes Mal stehen wir zusammen auf und gehen hinaus.«
»Au klasse!« ruft Carola. »Das machen wir. Darauf freue ich mich jetzt schon.« Sie legt den Stoß Briefe in eine Schachtel. »Die muß ich schnell zu Fräulein Czopiak bringen, damit sie noch mit der Frühpost rausgehen, sonst gibt's gleich wieder Stunk.«
Frau Hornberg nickt.
Als Carola zurückkommt, sitzt Herr Gelzer wieder hinter dem Schreibtisch, vor sich einen Stapel zusammengefalteter EDV-Endlosformulare. Sie will sich gerade neben Frau Hornberg setzen, um zu lernen, wie man mit dem Buchungsautomaten arbeitet, als Herr Krauser hereinkommt. »Guten Morgen zusammen.«
»Guten Morgen, Herr Krauser«, antworten alle drei.

Herr Gelzer deutet dazu im Sitzen eine Verbeugung an. Herr Krauser legt ihm wortlos ein paar Briefdurchschläge auf den Tisch und wartet so lange, bis er sich äußert.
»Die hat Fräulein Schreiber getippt.«
»Das weiß ich selbst, ich kann ja ihr Zeichen lesen«, sagt Herr Krauser.
Herr Gelzer wird immer kleiner, verschwindet beinahe hinter den Endlosformularen.
»Aber Sie sind verantwortlich dafür, daß alles in Ordnung ist, was die Buchhaltung verläßt.«
»Jawohl, Herr Krauser.«
»Ich möchte nicht erleben, daß so etwas noch einmal passiert.«
»Bestimmt nicht, Herr Krauser.«
»Wir haben uns also verstanden.«
»Jawohl, Herr Krauser.«
»Bis zehn Uhr liegen die korrigierten Abrechnungen auf meinem Schreibtisch.«
»Jawohl, Herr Krauser. Ich werde mich sofort darum kümmern.«
So leise wie er hereingekommen war, geht Herr Krauser auch wieder hinaus.
Eine ganze Weile ist es still im Zimmer.
»Fräulein Schreiber!« Herr Gelzer steht hinter seinem Schreibtisch, die Briefdurchschläge in der Hand.

16.

»Schön hier draußen, nicht?« Carola atmet tief ein.
»Duftende bunte Wiesen sind einfach schön.«
»Und so unheimlich ruhig«, stimmt Rüdiger ihr zu. Er drückt ein Ohr gegen Carolas Bauch. »Ob ich es schon hören kann?«
»Spinner.« Sie lächelt. »Es ist doch erst so groß.« Mit Zeigefinger und Daumen zeigt sie Rüdiger, wie winzig es noch ist.
»Schade.«
Sie krault ihm liebevoll den Nacken.
»Wann kann man es denn hören oder spüren?«
»Ungefähr ab dem fünften Monat, habe ich gelesen.«
»Erst«, sagt er enttäuscht. »Das ist ja noch eine Ewigkeit.«
Carola freut sich, daß Rüdiger sich auf das Kind freut.
»Ich bin froh, daß wir jetzt richtig zusammen gehören«, flüstert sie.
»Ich auch. Weißt du . . . Ich glaube . . .« Er findet nicht die richtigen Worte. »Wir schaffen es schon . . .«
»Schaffen. Mensch Rüdiger«, Carola schaut auf die Uhr, »gleich sieben! Mutter wartet schon.«
»Sie muß sich eben langsam daran gewöhnen, daß du jetzt zu mir gehörst.« Er sagt das leise und ernst.
Carola drückt seine Hand.
Rüdiger die ihre.
Kein Wort.
Nur sie zwei.
Und das Kind.

»Wir müssen wirklich, sonst gibt es wieder Ärger.« Carola macht sich sanft los und steht auf.
Widerwillig erhebt sich Rüdiger.
»Sei vernünftig.«
»Immer soll ich vernünftig sein«, protestiert er. »Ich will nicht vernünftig sein, ich bin nicht vernünftig.«
»He, sieh mal, die Wolke dort!«
»Wo?«
»Dort.« Carola deutet mit der Hand auf eine große weiße Wolke.
»Komisch, sonst ist am ganzen Himmel keine zu sehen.«
»Das ist keine Wolke, das ist Rauch.« Rüdiger kümmert sich nicht weiter darum.
Hand in Hand gehen sie den schmalen Weg zurück.
»Ich pflücke meiner Mutter ein paar Blumen«, sagt Carola und läßt Rüdiger los. »Darüber freut sie sich bestimmt. Wiesenblumen mag sie am liebsten. Dann meckert sie nicht an uns herum, wenn wir etwas später kommen.«
»Prima Idee! Ich helfe dir. Sieh mal dort, die gelben! Die hole ich mir!« Rüdiger rennt los.
»Na warte!« Carola versucht, schneller als er zu sein. Doch dann sieht sie Akeleien, die Lieblingsblumen ihrer Mutter, und bückt sich.
»Was ist denn das?·Rüdiger, komm mal schnell her!«
»Ich komme gleich.« Er ist einen Hang hinaufgeklettert, um noch ein paar besonders schöne Blumen zu erreichen. Carola kniet auf dem Boden und betrachtet das weiß gesprenkelte Gras. Sie reißt ein paar Halme heraus,

streift den Staub mit Daumen und Zeigefinger ab und will ihn zwischen den Fingern zerreiben. Es geht nicht. Der Staub löst sich nicht auf. Sie wischt die Hand an ihrer Jeans ab.
»So, hier bin ich.« Rüdiger hält Carola die Blumen dicht vors Gesicht. Er ist mächtig stolz. »Riech mal.«
»Toll«, lobt sie.
»Was gibt's denn?«
»Da stimmt etwas nicht – mit dem Rauch.«
»Was soll da nicht stimmen?«
»Sieh doch mal.« Sie reißt wieder ein Büschel Gras aus dem Boden. »Ganz feiner Staub, aber er vergeht nicht.« Rüdiger versucht ebenfalls, den weißen Staub zu zerreiben; auch ihm gelingt es nicht. Viele winzige Kügelchen bilden sich.
»Er kommt von der Stadt.«
»Wahrscheinlich läßt die ACBA wieder ihren ganzen Dreck durch den Kamin«, sagt Rüdiger ärgerlich. »Das gehört verboten!«
»Komm, wir gehen zum Auto.«
»Hast du Angst?«
»Man hört und liest so viel in letzter Zeit; wer weiß, was das für Staub ist.«
»Jetzt mal nur nicht gleich den Teufel an die Wand.« Er legt den Arm um Carola. »Mein kleiner Angsthase.«
»Lach mich nur aus.«
Er gibt ihr einen Kuß.
Sie beeilen sich und sind nach ungefähr zehn Minuten bei Rüdigers Wagen. Dach, Heck und Motorhaube sind von einer weißen Schicht überzogen.

Rüdiger pustet ein paarmal kräftig. Ein Teil des Staubes wirbelt auf.

Fragend sehen sie sich an. Erst jetzt bemerken sie den Staub auf ihren Kleidern. Sie klopfen und pusten sich gegenseitig ab.

»Schließ schnell auf.«

Während der zwei, drei Kilometer bis zur Stadt und bei der Fahrt durch die Straßen fällt ihnen nichts Besonderes auf. Es ist wie an anderen Abenden auch.

»Da seid ihr ja endlich.« Carolas Mutter steht in dem kleinen Vorgarten und wartet schon.

Bevor sie mehr sagen kann, überreicht Carola ihr die Blumen.

»Oh, Wiesenblumen! Das ist ja ein wunderschöner Strauß; wo habt ihr die denn her?«

»Selbst gepflückt.«

»Das wäre aber wirklich nicht nötig gewesen.« Die Mutter lächelt.

»Die blauen sind besonders schön.«

»Hat Rüdiger gepflückt – unter Lebensgefahr.« Carola zwinkert ihm zu.

»Übertreib nicht so.«

»Also ich danke euch, ihr habt mir wirklich eine Freude gemacht.«

Carola ist froh, daß damit die Auseinandersetzung für diesmal umgangen ist.

»Ist Vati schon da?«

»Der mußte noch im Geschäft bleiben.« Sie winkt mit der Hand ab. »Kurz bevor ihr gekommen seid, hat er

angerufen und gesagt, es könne heute spät werden. Anscheinend ist eine Panne aufgetreten.«
»Eine Panne? Was für eine Panne?«
»Ich weiß es nicht, er hat nichts weiter gesagt.«
»Komisch.«
»Nun kommt doch erst mal herein. Ich muß . . .«
»Hier liegt ja auch schon solcher Staub«, ruft Carola plötzlich. Sie hockt sich nieder und betrachtet den Rasen genau.
»Tatsächlich.« Rüdiger hockt sich daneben.
»Was für Staub?« fragt die Mutter.
Statt ihr zu antworten, sagt Carola zu Rüdiger: »Es ist zwar nicht so viel wie draußen auf den Wiesen, aber immerhin. Lachst du mich jetzt auch noch aus?«
Er lacht sie nicht mehr aus, im Gegenteil. Ihm ist selbst nicht wohl bei dem Gedanken an den merkwürdigen Staub.
»Was macht ihr denn da?« fragt die Mutter erstaunt.
»Wir waren vorhin in der Nähe des alten Wasserturmes«, erklärt Carola, »und haben eine riesige Wolke gesehen. Wenig später bemerkten wir, daß ganz feiner Staub vom Himmel rieselte und alles bedeckte. Wenn du genau hinsiehst, kannst du auf dem Blumenstrauß noch die Reste erkennen, obwohl ich viel gepustet und geschüttelt habe.«
»Stimmt, ich sehe es.«
»Und hier im Garten liegt derselbe Staub, nur eben viel weniger«, sagt Rüdiger.
»Normalerweise wäre uns das bestimmt nicht aufgefallen . . .«

»Ich verstehe nicht . . . es ist doch nicht das erstemal, daß so ein Staubregen auf uns niedergeht«, sagt die Mutter.
»Ja schon, aber so wie heute habe ich das noch nie erlebt.«
»Kann sein, daß es ein bißchen stärker ist als sonst . . .«
»Auch der Staub ist anders.« Carola gibt keine Ruhe. »Er läßt sich nicht so einfach wegwischen oder wegpusten.«
»Was ist denn los mit dir? Du hast dich doch bisher nicht um solche Sachen gekümmert.« Und um das Thema abzuschließen, sagt sie ein wenig lauter: »Außerdem steht das Abendbrot seit einer halben Stunde auf dem Tisch. Und wenn schon dein Vater nicht kommen kann, dann wollen wenigstens wir gemeinsam zu Abend essen.« Sie dreht sich um und geht ins Haus.
»Ich muß jetzt . . .« Als er Carolas Blick sieht, redet Rüdiger nicht weiter.
Beide folgen Carolas Mutter. Die schimpft bereits mit Jochen, weil er die Hände nicht gewaschen hat.
Jochen stürmt wütend aus dem Eßzimmer.
Carola schüttelt vorwurfsvoll den Kopf. »Du weißt doch genau, daß Mutter sich darüber aufregt; warum kannst du deine Hände nicht vor dem Essen waschen?«
»Willst du mir jetzt auch noch eine Predigt halten«, ruft Jochen. Und im Vorbeilaufen sagt er noch: »Du mußt wohl schon üben, was? Aber wenn du Mutter spielen möchtest, nicht bei mir, daß das klar ist.« Mit dem letzten Wort verschwindet er in seinem Zimmer.
»So ein unverschämter Bengel«, schimpft die Mutter.

»Von Tag zu Tag wird er frecher.«
»Er ist halt in einem schwierigen Alter«, versucht Carola sie zu beschwichtigen.
»Das stimmt allerdings, er ist in einem schwierigen Alter, immer ist er in einem schwierigen Alter. Eines löst das andere ab. Kannst du mir mal sagen, wann Kinder eigentlich nicht in einem schwierigen Alter sind?« Der Vorwurf an Carola ist nicht zu überhören.
»Mit den Eltern ist es manchmal auch nicht ganz einfach«, entgegnet Carola ruhig.
Ihre Mutter zieht die Stirn in Falten.
Rüdiger löst die gespannte Situation mit der Bemerkung: »Ich denke, wir wollen essen.«
Ohne noch viel zu reden, setzen sie sich an den Abendbrottisch.
Auf einmal fängt Carola an zu husten.
Rüdiger schlägt ihr mit der flachen Hand leicht auf den Rücken. »Hast du dich verschluckt?«
Carola schüttelt den Kopf.
»Was dann?«
»Weiß nicht.«
»Trink einen Schluck«, sagt ihre Mutter.
»Nein«, wehrt Carola ab.
Der Husten wird stärker.
»Hast du dich erkältet?«
»Mitten im Sommer?!«
»Ihr mit euren T-Shirts ohne etwas darunter; da ist alles möglich.«
»Mutti!«
Rüdiger sieht Carola ziemlich ratlos und ängstlich an. Er

weiß nicht so recht, was er tun soll. Im Beisein der Mutter scheut er sich, sie einfach in den Arm zu nehmen. Für eine Weile ist außer Carolas Husten nichts zu hören. Als dann auch ihre Augen zu tränen beginnen, sagt die Mutter: »Das sind die ersten Anzeichen einer Grippe. So fängt das meistens an. Am besten, du legst dich sofort ins Bett. Ich mache dir inzwischen heißes Zitronenwasser.«
»Das ist keine Grippe, ich fühle . . .« Sie wird von einem Hustenanfall unterbrochen und beendet ihren Satz nicht mehr.
»Vielleicht ist es ein Heuschnupfen«, sagt Rüdiger, ohne selbst daran zu glauben. »Dabei tränen einem die Augen doch auch.«
»Ich hatte noch nie Heuschnupfen . . .«
»Du gehst jetzt ins Bett.« Die Stimme der Mutter duldet keinen Widerspruch mehr.
Rüdiger verabschiedet sich und fährt nach Hause. Während er die Treppe hinaufsteigt, verspürt er einen starken Reiz im Hals. Hustend betritt er die Wohnung.
»Hallo, was ist denn mit dir los?« begrüßt ihn sein Vater. Rüdiger hustet sich erst mal aus.
»Zum Teufel, jetzt fängt das bei mir auch noch an«, schimpft er.
Sein Vater sieht ihn fragend an.
»Carola hustet auch schon wie verrückt.«
»Wahrscheinlich habt ihr euch gegenseitig angesteckt.«
»Ich finde das gar nicht lustig.« Wieder muß er husten. Die Mutter kommt ins Zimmer. »Ist etwas passiert? Draußen hörte es sich gerade so an, als ob ihr den größten Streit hättet.«

»Das täuscht«, beruhigt sie der Vater.
»Warum hustest du denn so?«
Rüdiger erzählt die ganze Geschichte, immer wieder unterbrochen von dem Husten.
»Ein wenig eigenartig ist das alles schon«, sagt seine Mutter.
»Weißt du etwas von einer Panne bei euch im Betrieb?« fragt Rüdiger seinen Vater.
»Von einer Panne? Also bei uns in Halle F ist keine Panne aufgetreten. Und sonst?« Er zieht die Achseln hoch. »Du mußt bedenken, daß bei der ACBA über neunhundert Leute beschäftigt sind. Da erfahren wir in der Halle F manchmal erst Tage später oder überhaupt nicht, was in Halle A oder B passiert.« Plötzlich ist er still und sieht Rüdiger mit großen Augen an. »Du glaubst doch nicht . . .«
»Möglich ist alles, oder?«

17.

Carolas Mutter horcht an der Tür. Nichts ist zu hören. Sie öffnet leise und sieht sofort, daß Carola noch schläft. Sachte legt sie die Hand auf den Arm ihrer Tochter und schüttelt sie leicht. «Carola, aufwachen.«
Sie wartet einen Moment. Carola beginnt, sich zu räkeln.
»Aufwachen.«
Sie schlägt die Augen auf, schließt sie aber sofort wieder. Die Mutter schüttelt kräftiger. »Hörst du nicht!«
»Was ist denn?«
»Wie geht es dir?«
Mit einem Schlag ist Carola hellwach, setzt sich auf, Mund und Augen weit geöffnet. Sie hört in sich hinein. »Gut«, sagt sie erleichtert. »Der Husten ist weg, und die Augen brennen auch nicht mehr.«
»Was habe ich gesagt? Heißes Zitronenwasser, ein warmes Bett und viel Schlaf, das hilft.« Sie dreht sich zur Tür. »Es ist Zeit.«
Anders als sonst steigt Carola sofort aus dem Bett. Nach weniger als fünfzehn Minuten betritt sie das Eßzimmer.
»Morgen, Vati.«
»Guten Morgen.« Sie setzt sich, nimmt sich ein Brötchen und bestreicht es dick mit Nuß-Nougat-Creme. Ihr Vater sieht sie immer noch an. »Ist etwas Besonderes, daß du heute so früh fertig bist?«
»Ich freue mich.«
»Worüber?«
»Einfach so.« Sie lacht und ist richtig ausgelassen.

»Freut mich, daß es dir so gut geht.«
Irgend etwas stört Carola an der Art, wie er das gesagt hat.
»Jochen!! Du sollst dich beeilen!« ruft die Mutter draußen im Flur. Dann kommt sie mit einer Tasse Kakao ins Eßzimmer, stellt sie an Jochens Platz und läßt sich mit einem Seufzer auf ihren Stuhl fallen. »Jeden Morgen dasselbe Theater.«
Wenig später erscheint Jochen in der Tür. Unausgeschlafen. Ganz zerknautscht sieht er aus.
Er hängt sich in seinen Stuhl und schlürft seinen Kakao.
»Kannst du nicht anständig Guten Morgen sagen, wie es sich gehört.« Die Mutter sieht ihn streng an. »Das ist doch keine Art, und gewaschen hast du dich auch nicht richtig!«
»Woher willst du das wissen?« gibt er schnippisch zurück.
»Jochen, benimm dich!« sagt der Vater scharf.
»Stimmt doch, immer meckert sie . . .«
»Schluß jetzt!«
Jochen merkt, daß sein Vater schlechte Laune hat und sagt nichts mehr.
Carola und die Mutter schweigen ebenfalls.
Selbst das Geklapper mit Tassen und Besteck wird schwächer.
Im Hintergrund singt Katja Ebstein.
Das Kauen ist zu hören.
Hin und wieder tiefes Durchatmen.
Und Katja Ebstein.
Ein Piepston kündigt die Sieben-Uhr-Nachrichten an.

»Wir müssen gehen«, sagt der Vater zu Carola.
»Kann ich noch schnell bei Rüdiger anrufen?«
Der Vater zieht die Augenbrauen hoch, ein Zeichen dafür, daß er nicht einverstanden ist. Aber er sagt nichts.
»Ich mach's ganz kurz.«
»Also los.«
Sie läuft hinaus, wählt die Nummer und wartet.
»Guten Morgen, hier ist Carola, ist Rüdiger noch da?«
»Prima. Er soll sich beeilen.«
Sie sieht nach der Eßzimmertür und tritt von einem Bein auf das andere.
»Hallo! Du, ich hab nicht viel Zeit. Ich wollte dir nur sagen, daß der Husten vorbei ist . . .«
»Was, du auch!«
»Aber jetzt geht es dir wieder besser?«
»Gut. Tschüs, bis heute abend.«
Sie läuft zurück ins Eßzimmer. »Ich bin soweit.«
Der Vater steht auf, nimmt sein eingewickeltes Vollkornbrot, Carola einen Apfel.
»Bis heute mittag«, sagt er.
»Tschüs.«
»Macht's gut.« Die Mutter beginnt schon, das Geschirr wegzuräumen.
Den ersten Teil der Strecke zur ACBA sitzen Carola und ihr Vater schweigend nebeneinander. Er wendet nur einmal kurz den Kopf, läßt aber sonst die Straße nicht aus den Augen. Trotzdem fährt er unkonzentriert, kommt zu weit nach links und bleibt bei Grün so lange stehen, bis hinten einige hupen.
»Vati.«

Zuerst reagiert er nicht. Dann sagt er: »Ich bin nur ein wenig müde.«
»Was war denn gestern im Betrieb los?«
»Nichts Besonderes – warum fragst du?«
»Mutti hat gesagt, du hättest von einer Panne gesprochen.«
»Ein Ventil war defekt, das ist alles.«
Carola merkt, daß er nicht darüber reden will und fragt nicht weiter.

18.

Drei Tage später, am Freitag, läutet es bei Schreibers kurz nach halb eins an der Haustür.
»Wer kann denn das sein«, fragt die Mutter, »um diese Zeit? Jochen, sieh mal nach.«
»Immer ich«, mosert er.
»Ich geh schon.«
»Wenn es ein Vertreter ist, dann schick ihn weg«, sagt die Mutter.
Carola wirft noch schnell einen Blick in den Garderobenspiegel. In diesem Moment läutet es erneut, länger als beim erstenmal.
»Du bist es«, sagt sie beinahe erschrocken, als sie die Tür öffnet und Rüdiger vor ihr steht.
»Hast du das schon gelesen?«
»Was? Was ist denn los?«
Er hält ihr ein Blatt Papier vors Gesicht. »Hier, dieses Flugblatt . . .«
»Wer ist denn da?!« ruft die Mutter aus dem Eßzimmer.
»Rüdiger!«
»Lies selbst.«
»An die Bevölkerung von B.«, liest Carola halblaut. »Aufgrund verschiedener Hinweise ist die Möglichkeit nicht auszuschließen, daß ein Teil des Obstes und Gemüses der heimischen Gärten mit unbekannten Stoffen in Berührung gekommen ist. Die Bevölkerung wird deshalb aufgefordert, vorläufig kein Obst und Gemüse aus den eigenen Gärten zu verzehren . . .«
»Na, was sagst du?« fragt Rüdiger ungeduldig.

»Das ist ja . . .«
Er läßt Carola nicht ausreden. »Hier«, er zeigt mit dem Finger auf eine fettgedruckte Zeile, »das mußt du noch lesen.«
». . . wird das öffentliche Freibad vorübergehend geschlossen.«
»Und das alles nennen die vorbeugende Maßnahmen zur Sicherheit der Bürger. Daß ich nicht lache!«
»Du glaubst doch nicht . . .«
»Carola, dein Essen wird kalt!«
»Ich komme gleich! Du, komm doch mit rein.«
»Hab keine Zeit; ich muß noch meine Mutter abholen«, er schaut auf seine Uhr. »Die wartet sicher schon. Ich wollte dir nur schnell Bescheid sagen. Wir sprechen heute abend darüber.«
»Holst du mich ab?«
»Wie immer«, ruft er schon im Weglaufen über die Schulter. »Tschüs!«

In den vergangenen Tagen gingen zwar die verschiedensten Gerüchte um, doch kaum jemand glaubte sie. Von einem Unfall bei der ACBA war die Rede; von Gasen, die dabei ausgetreten seien, von einer Giftwolke über B. Wenn das wahr wäre, sagten die meisten, dann würde bei der ACBA doch nicht normal weitergearbeitet; dann wäre die Produktion sofort eingestellt worden.
Wir müßten es ja am eigenen Körper spüren.
Sehe ich etwa so aus, als ob ich vergiftet wäre, fragten viele scherzhaft. Andere lachten.
Und nun?

Kein Obst und Gemüse essen.
Das Freibad geschlossen.
Zur Sicherheit der Bürger.

Carola legt ihrem Vater das Flugblatt neben den Teller.
»Vati, was hat das alles zu bedeuten?«
Er liest und kaut dabei ungewöhnlich lange auf einem Stück Fleisch herum.
»Was ist das für ein Papier?« will die Mutter wissen.
Jochen dreht sich auf seinem Stuhl und reckt den Hals, damit er lesen kann, was auf dem Flugblatt steht.
»Wir haben heute in der Schule auch über die Umweltverschmutzung gesprochen«, sagt er. »Der Baule-Ingwersen hat erzählt, daß die chemische Industrie langsam aber sicher unsere ganze Umwelt und damit auch die Menschen zerstöre, weil nicht nur bei Unfällen gefährliche Stoffe austreten, sondern auch, wenn die Betriebe störungsfrei arbeiten . . .«
»So ein Unsinn«, unterbricht ihn der Vater. »Wenn das stimmen würde, wäre der schon längst ausgewandert. Aber das glaubt er ja selbst nicht.« Er trinkt einen Schluck Bier. »Schwätzer sind das, die von der Sache nichts verstehen.«
»Wir haben ihn auch gefragt, warum er noch nicht ausgewandert ist.«
»Und was hat er geantwortet?«
»In anderen Staaten sei es genauso.«
»Also nein«, regt sich der Vater auf, »den Schülern so ein unverantwortliches Zeug zu erzählen, das gehört ja verboten.

Natürlich gibt es hin und wieder Unfälle, die gibt es in anderen Branchen auch. Aber denkt doch einmal an den Nutzen. Was wird heute nicht alles aus Kunststoffen hergestellt und ist damit viel billiger und haltbarer als früher die Sachen aus Metall und Holz. Für sämtliche Bereiche des Lebens. Oder nehmen wir die Medizin; ohne die chemische Industrie gäbe es nicht genügend Arzneimittel. Was wäre dann? Das erzählt der saubere Herr Baule-Ingwersen euch natürlich nicht, weil es ihm nicht in den Kram paßt.«
»Doch.«
»Was doch?«
»Genau das hat er auch gesagt, das mit den Kunststoffen und der Arznei.«
»So?«
»Aber viele Arzneimittel seien nur deshalb nötig, weil die Menschen zuvor durch Düngemittel, Konservierungsstoffe in den Lebensmitteln, Abgase, giftige Abwässer, Schädlingsbekämpfungsmittel und noch andere Sachen von der Industrie krank gemacht worden seien. Und dann hat er uns gefragt, ob man all das, was heute produziert wird, überhaupt zum Leben braucht oder ob es nicht Wichtigeres gibt.«
Der Vater legt Messer und Gabel sorgfältig auf den Teller, greift nach dem Aschenbecher und zündet sich eine Zigarette an. Gierig zieht er den Rauch in sich hinein. Nach drei, vier Zügen löst sich die Anspannung auf seinem Gesicht.
»Das ist allerdings eine sehr wichtige Frage.«
Weder die Mutter noch Carola und schon gar nicht Jo-

chen haben mit dieser Antwort gerechnet. Ebenso wenig mit der Art, wie er sie gibt.
»Was glaubt ihr, wie oft ich darüber nachdenke.«
»Du?« sagt die Mutter verwundert.
Wieder zieht er den Rauch bis in die Lunge.
»Manchmal frage ich mich wirklich, wozu das alles, die Plackerei, Überstunden, Hetze, Karriere? Was habe ich, was haben wir davon? Geht es uns mit dem Geld, das ich als Abteilungsleiter mehr verdiene, soviel besser als früher? Ich weiß nicht. Andererseits: was soll ich tun? Wer nicht mitzieht, wird abserviert, kann sehen, wo er bleibt. Du wirst vor die Wahl gestellt: Entweder – oder! Ob es dir zuviel wird, ob dein Privatleben darunter leidet, das interessiert niemand. Hauptsache, du machst deine Arbeit. Das kann nicht gutgehen, nicht auf die Dauer.«
Carola überlegt, wann ihr Vater zum letztenmal so geredet hat.
Er drückt die Zigarette aus, schenkt sich Bier nach und nimmt einen kräftigen Schluck.
»Ich bin etwas vom Thema abgeschweift, glaube ich.« Seine Stimme klingt jetzt wieder kontrollierter.
»Das glaube ich nicht«, sagt Carola. »Irgendwie hängt doch alles zusammen.«
Wahrscheinlich hast du recht. Deswegen ist es auch so unheimlich schwer, aus dem ganzen Trott herauszukommen.«
»Möchtest du das denn?« fragt die Mutter. »Bist du nicht zufrieden?« Es ist ihr unbegreiflich, wie er so reden kann.

»Zufrieden? Natürlich bin ich zufrieden. Wir sind alle gesund, haben Arbeit, ein Dach über dem Kopf und mehr zu essen als wir brauchen. Wir können uns vieles leisten, wovon wir vor einigen Jahren noch geträumt haben . . .«

»Aber«, sagt die Mutter mit einem vorwurfsvollen Unterton in der Stimme. »Das hört sich so nach einem Aber an.«

Er zieht die Schultern hoch. »Der Preis dafür, ist der nicht sehr hoch?«

»Ich verstehe dich nicht.«

»Das meine ich zum Beispiel; wir verstehen uns nicht mehr. Ich glaube, das ist ein Teil des Preises.«

»Müssen wir jetzt darüber reden?«

»Warum nicht? Das geht uns alle an.«

»Gehört zu dem Preis auch die Angst vor Krankheiten?« will Carola wissen. »Ich meine, wenn nun Jochens Lehrer doch recht hat . . .«

»So einfach ist das alles nicht. Man kann die Industrie nicht in Bausch und Bogen verdammen, auch wenn manches zu kritisieren ist. Und wenn wir so produzieren wollten, daß die Umwelt überhaupt nicht mehr belastet würde, dann müßten viele Betriebe schließen. Es gäbe noch mehr Arbeitslose, und denkt doch auch mal an eure Ansprüche . . .«

»Genau«, unterstützt ihn seine Frau. »Aber es ist ja leider modern geworden, alles negativ darzustellen. Dabei haben wir bei der ACBA sichere Arbeitsplätze und können uns doch wirklich nicht beklagen und . . .«

»Und du bist dabei, die Augen vor der Wirklichkeit zu

verschließen«, fährt Carola dazwischen. »Vati, was ist am Montag im Betrieb passiert?«
»Das möchte ich auch wissen.« Jochen nickt seiner Schwester anerkennend zu. »Die verteilen doch nicht so ein Flugblatt, nur um die ACBA mal negativ darzustellen.«
»Ich weiß es nicht.«
»Aber du warst doch bis spät abends dort.«
»Alle Abteilungsleiter der Halle D mußten sich zur Verfügung halten; erfahren habe ich jedoch nur, daß ein Ventil an der Mischanlage defekt war, wodurch ein Teil des Reaktionsgemisches ins Freie verpuffen konnte.«
»Was für ein Gemisch?«
»Uns wurde gesagt, es handle sich um eine Verbindung harmloser Substanzen zur Herstellung eines Haarsprays.«
»Und das Flugblatt?«
Der Vater antwortet nicht.

19.

Die Blätter an Bäumen und Sträuchern färben sich gelb.
Mitten im Juli.
Die Bevölkerung von B. wird unruhiger, besonders die Betriebsangehörigen der ACBA.
Gegen den Willen der Geschäftsleitung beruft der Betriebsrat am Montag eine außerordentliche Betriebsversammlung ein. Die meisten nehmen daran teil. Nur wenige bleiben an ihren Arbeitsplätzen.
Wie immer gibt es ein großes Gedränge, weil die Werkskantine nicht genügend Sitzplätze bietet.
Carola lehnt zwischen einem Auszubildenden und Frau Hornberg an der Wand.
»Eins, zwei, drei.« Der Vorsitzende des Betriebsrates macht eine Sprechprobe.
Sofort wird es ruhiger im Saal.
»Liebe Kolleginnen und Kollegen«, beginnt er und muß nicht wie sonst gegen eine Geräuschwelle ankämpfen.
»Ich eröffne hiermit die außerordentliche Betriebsversammlung und stelle gleichzeitig fest, daß es von den Herren der Geschäftsleitung keiner für nötig erachtet, jetzt hier unten zu sein.«
Ein gellendes Pfeifkonzert, durchsetzt mit Buh- und Pfuirufen, folgt seinen letzten Worten.
Carola hält sich die Ohren zu.
»Kolleginnen und Kollegen!« Nur mühsam kann er sich wieder Gehör verschaffen. »Das lassen wir uns nicht bieten . . . Wir wollen jetzt genau wissen, was hier am vergangenen Montag passiert ist.«

Die Arbeiter klatschen und trampeln mit den Füßen. Carola klatscht kräftig mit.
Nachdem es wieder einigermaßen ruhig ist, beschließen sie, nicht mehr an die Arbeit zu gehen, bis die Geschäftsleitung ihre Fragen beantwortet hat.
Drei Stunden warten die Arbeiter. Sie reden, spielen Karten, gehen herum, schimpfen. Vereinzelt kommt es zu Wutausbrüchen, aber es gelingt stets, die Betreffenden zu beruhigen.
Um den Betriebsratsvorsitzenden bildet sich ein Menschenknäuel. Es werden Vorschläge gemacht und diskutiert, was zu tun ist, falls sich die Geschäftsleitung den Fragen heute nicht stellt.
Zwanzig Minuten nach vier, kurz bevor der größte Teil der Belegschaft Feierabend hat, betreten die Herren Krauser, Schimmelreiter und ein unbekannter junger Mann die Kantine. Sofort verstummen die Arbeiter in der Nähe der Tür. Einige treten zur Seite, drängen sich zwischen und hinter die anderen.
Eine schmale Gasse öffnet sich und schließt sich hinter den drei Männern wieder.
Ohne jemanden anzusehen, gehen diese hintereinander nach vorne.
Herr Krauser spricht mit den Mitgliedern des Betriebsrates. Dann tritt er ans Mikrofon. Er versucht vergeblich, es höher zu stellen, räuspert sich, sieht sich um. Ein Betriebsrat kommt ihm zu Hilfe.
»Werte Mitarbeiterinnen und Mitarbeiter.«
Von hinten ist Lachen zu hören.
»Vorweg muß ich ganz klar feststellen, daß diese Ar-

beitsniederlegung illegal und außerdem gänzlich unnötig ist.«
Pfiffe.
»Die Panne wird von gewissen Leuten hochgespielt, die damit ganz bestimmte, der Sache keineswegs dienliche Ziele verfolgen. Ähnliches haben wir in unserem Staat in den letzten Monaten und Jahren leider allzu oft erlebt. Aber ich bin sicher, die anständigen Mitarbeiter unseres Hauses, die bei uns seit vielen Jahren einen sicheren Arbeitsplatz haben – was bei der gegenwärtigen Wirtschaftslage gar nicht so selbstverständlich ist –, werden sich von diesen Leuten nicht in die Irre führen lassen . . .«
»Zur Sache!« hört man jemanden rufen.
»Dummes Geschwätz!«
»Wir wollen wissen, was los ist!«
Die Unruhe wird größer.
»Hätten Sie nicht so voreilig gehandelt«, fährt Herr Krauser deutlich lauter fort, »sondern bis morgen gewartet, dann hätten Sie in den Zeitungen lesen können, was los ist.
Bis vor einer Stunde konnten weder wir noch sonst jemand genau sagen – auch die ewigen Besserwisser nicht –, welche Folgen die Panne vom Montag hat bzw. hatte. Erst seit einer Stunde liegen die Resultate der Untersuchungen vor. Danach kann ich Ihnen folgendes mitteilen:« Er nimmt ein Blatt und liest betont langsam.
»Am Montag haben sich infolge eines menschlichen Versagens in der Mischanlage Gase gebildet, die aus bisher noch ungeklärten Gründen ins Freie entweichen

konnten. Dabei handelte es sich um relativ harmlose Substanzen, die in Verbindung mit Sauerstoff bei grünen Pflanzen eine leicht gelbliche Färbung bewirken.
Eine Gefährdung für Betriebsangehörige oder gar für die gesamte Bevölkerung von B. war und ist nicht gegeben. Anderslautende Gerüchte entbehren jeglicher Grundlage.« Er faltet das Blatt sorgfältig zusammen, hebt den Kopf und wartet einen Moment.
»Diese Mitteilung geht noch heute an die Presse und an die Behörden. Ich hoffe, daß damit . . .«
Der aufheulende Hupton schneidet ihm das Wort ab.
Herr Krauser wendet sich zu Herrn Schimmelreiter und dem jungen Mann.
Der Hupton bricht ab, dröhnt in den Ohren nach.
Unschlüssig stehen sich die drei Männer gegenüber, schauen zum Betriebsratsvorsitzenden hinüber.
Der sitzt unbeweglich am Tisch.
Auch die Arbeiter bleiben bis auf wenige Ausnahmen an ihren Plätzen.
Allmählich beginnen die ersten zu tuscheln, der Geräuschpegel steigt.
»Wer garantiert uns, daß alles stimmt, was Sie sagen?!« ruft eine Frau.
»Sie können uns viel erzählen.«
»Wir wollen Beweise!«
»Genau«, stimmen viele zu.
Herr Krauser dreht sich zum Mikrofon. Da hält ihn der junge Mann am Arm fest und flüstert mit ihm. Dann gibt er Herrn Schimmelreiter ein Zeichen, und alle drei gehen auf die Arbeiter zu, Herr Krauser vorweg.

Einige Atemzüge lang steht er zwei Männern in der ersten Reihe gegenüber. Kaum ein Meter Abstand ist zwischen ihnen.
Unheimliche Stille.
Zögernd treten sie zur Seite.
Ihre Nebenleute ebenfalls.
Langsam bildet sich wieder eine Gasse für die Herren der Geschäftsleitung.

20.

Tote Vögel liegen überall.
Katzen sterben.
Hunde und viele andere Tiere.
Carola bekommt Ausschläge im Gesicht, an Armen und Händen. Rüdiger ebenfalls, nur wenige Zeit später.
Viele, etwa pfenniggroße rötliche Flecken.
Die Behörden erklären die am schwersten betroffenen Gebiete in und um B. zur verseuchten Zone. Sie ordnen die Vernichtung des Obstes und Gemüses sowie die Abschlachtung der Tiere an.
Wieder heißt es nur, es handle sich dabei um Vorsichtsmaßnahmen zum Schutz der Bevölkerung. Warum diese Maßnahmen notwendig sind und wovor die Bevölkerung geschützt werden soll, wird nicht erklärt.
Noch am selben Tag beschließt eine erneut einberufene Betriebsversammlung, die Arbeit in der ACBA einzustellen. Die Arbeiter fordern Geschäftsleitung und Behörden auf, die Bevölkerung endlich zu informieren und über den wahren Sachverhalt aufzuklären.

Carola und Rüdiger sitzen in seinem Zimmer. Er hat sie nur mit Mühe dazu überreden können, das Haus zu verlassen. Sie ist schnell ins Auto gehuscht; keiner soll sie so sehen.
Rüdiger versucht immer noch, die Sache nicht so tragisch zu nehmen. »Das vergeht schon wieder.«
Carola sieht ihn an. »Ich habe Angst, schreckliche Angst«, flüstert sie und drückt sich an ihn.

Er sagt nichts.
»Wenn wir nun krank werden – richtig krank?«
»Du darfst nicht so schwarz sehen.«
Er spürt, wie sein Hals von ihren Tränen feucht wird.
»Unser Kind . . . ich will nicht, daß es stirbt«, schluchzt sie.
»Aber Caro, was redest du denn.«
Sie macht sich los, wirft sich auf Rüdigers Bett und wird von einem Weinkrampf geschüttelt.
Rüdiger setzt sich neben sie, versucht sie zu trösten. Vergeblich.
Plötzlich schreit sie: »Ich kann nicht mehr! Ich will nicht mehr! Ich halte es nicht mehr aus. Das Baby . . .« Sie beißt ins Kissen.
Rüdiger schluckt. »Ach Caro«, er streicht ihr zärtlich über den Rücken. Auf einmal ballt er die freie Hand zur Faust und schlägt sich wuchtig auf den Oberschenkel.
»Ist etwas passiert?« fragt Rüdigers Mutter, in der Tür stehend.
Er hat sie nicht kommen hören.
Sie setzt sich aufs Bett. »Ist es wegen der Ausschläge?«
Er nickt.
»Weißt du was? Wir warten nicht bis morgen; ich rufe sofort den Arzt an.«
»So spät noch?«
»Was heißt so spät? Wenn es nötig ist! Dafür sind sie ja da.«
Carolas hysterisches Heulen geht in ein wimmerndes Weinen über. Sie dreht den Kopf, wischt sich mit dem Ärmel über das Gesicht.

Rüdiger reicht ihr ein Taschentuch.
Sie schneuzt sich kräftig.
»Doktor Kinner ist euer Hausarzt?«
»Ja«, antwortet Rüdiger für Carola.
»Ich bin gleich wieder da.«
»Du darfst dich nicht so aufregen«, sagt er. »Das ist nicht gut fürs Kind.«
»Glaubst du, das ist gut fürs Kind!« Carola hält Rüdiger ihre Hände vors Gesicht und heult wieder los.
»Warte doch, bis Doktor Kinner kommt. Vielleicht ist alles ganz harmlos.« Er spürt, daß seine Worte nicht überzeugend klingen.
»Das glaubst du ja selbst nicht«, bringt sie zwischen Schluchzen hervor. »Du willst mich nur trösten, aber ich will nicht getröstet werden . . .«
»Caro, bitte.«
»Du sitzt nur hier herum, anstatt etwas zu tun! Warum tust du denn nichts? Alle tut ihr nichts!« Sie hat sich aufgesetzt, den Blick zum Fenster gewandt.
»Was soll ich denn tun?«
»Irgendwas.«
»Doktor Kinner kommt in ein paar Minuten.« Rüdigers Mutter setzt sich neben Carola. »Du hast Angst«, sagt sie leise. »Soll ich dir mal etwas sagen? Ich auch.«
Carola blickt auf.
»Aber ich habe auch Hoffnung, die Hoffnung, daß es schlimmer aussieht als es in Wirklichkeit ist. Und weißt du, warum ich diese Hoffnung habe? Weil es bisher immer so war.« Sie macht eine Pause, beobachtet Carolas Reaktion.

»Ich erinnere mich an einen ähnlichen Vorfall vor vier oder fünf Jahren. Damals durfte man auch kein Obst aus dem eigenen Garten essen; viele Leute, vor allem Kinder, bekamen Hautausschläge, litten unter Übelkeit und Brechreiz. Und nach wenigen Tagen hatte sich alles aufgeklärt. Das Wasser im Freibad war durch einen chemischen Stoff stark verschmutzt. Wer darin gebadet hat, bekam am ganzen Körper einen Ausschlag. Der verschwand bei allen innerhalb einer Woche wieder, und die ganze Sache war bald vergessen.«
»Vergessen? Wie kann man so etwas vergessen?«
»Manche Dinge muß man einfach vergessen; wenn wir nicht vergessen könnten, würden wohl viele Leute verrückt werden.«
»Ich kann die letzten Tage nie vergessen, auch wenn alles wieder gut wird. Und ich will sie auch nicht vergessen.«
Carola wischt sich Tränen aus den Augen.
»Sind damals auch Tiere gestorben?«
»Ich glaube nicht . . .« Die Klingel nimmt ihr die weitere Antwort ab.
Rüdigers Vater kommt mit Doktor Kinner ins Zimmer.
»Guten Abend!«
»Guten Abend, Herr Doktor.«
»Da sind ja gleich zwei Patienten«, sagt er. »Na, dann wollen wir mal sehen.«
Er mißt bei beiden den Blutdruck, fühlt den Puls, leuchtet ihnen in Augen und Hals, fragt nach dem Befinden, gibt ein paar Ratschläge und schreibt etwas auf seinen Rezeptblock.
»Damit reiben Sie die betroffenen Stellen viermal täglich

ein; und hier habe ich Ihnen noch etwas zum Einnehmen aufgeschrieben. Bis Mittwoch gehen Sie beide nicht zur Arbeit. Dann kommen Sie bitte in meine Sprechstunde.«
»Was ist mit dem Ausschlag? Wie gefährlich ist er?« will Carola wissen.
»Genau kann ich das nicht sagen. Deshalb sollten Sie auch so bald wie möglich einen Hautarzt aufsuchen. Ich schreibe Ihnen am besten gleich eine Überweisung.«
»Herr Doktor«, Rüdiger ist aufgestanden, »wir sind ja nicht die einzigen in B., die diesen Ausschlag haben. Sie wissen genauso gut wie wir, woher der kommt. Sie müssen doch irgendwelche Anweisungen haben. Vom Gesundheitsamt, von was weiß ich wem. Glauben Sie, uns ist damit geholfen, wenn wir nun von einem Arzt zum anderen geschickt werden? Wir haben Angst! Wir wollen wissen, woran wir sind! Man hört und liest so viel...«
»Ich kann Ihnen versichern, daß noch keine genauen Untersuchungsergebnisse vorliegen, aber ich würde mir an Ihrer Stelle keine allzu großen Sorgen machen.«
Währenddessen hat er seine Sachen schon wieder in die Tasche gepackt. »Mehr können wir im Moment nicht tun. Also dann, gute Besserung und gute Nacht.« Er verläßt ziemlich eilig das Zimmer.
»Habt ihr gehört, ihr sollt euch nicht so viel Sorgen machen«, sagt Rüdigers Mutter im Hinausgehen.
Rüdiger setzt sich wieder neben Carola und legt einen Arm um sie. »Der hatte es aber eilig.«
»Doktor Kinner hat gelogen.«
»Meinst du?«

»Ich kenne ihn. Schau uns doch an. Glaubst du vielleicht, daß wir einen harmlosen Ausschlag haben, den man mit Salben behandeln kann? Der weiß mehr als er zugibt.«
Rüdiger antwortet nicht.
»Und die Sache mit dem Obst und dem Freibad? Es ist doch kein Zufall, daß das alles gleichzeitig geschehen ist. Wer weiß, was da noch alles passiert.«
»Du kannst einem richtig Angst machen«, sagt er unsicher.
»Ich mach dir keine Angst, das sind andere. Aber eins kann ich dir sagen«, Carolas Stimme klingt jetzt ganz ruhig, »wenn ich krank werde oder wenn das Kind nicht normal ist, will ich nicht mehr leben.«
Rüdigers Mund öffnet sich, doch er bringt kein Wort heraus.
Sie beißt sich in die Hand.
»Carola.«
Was hat denn alles noch für einen Sinn, wenn unser Kind schon zum Abfall gehört, bevor es überhaupt auf der Welt ist!«
»So etwas darfst du nicht sagen.«
»Und wenn es stimmt?«
»Ich will nicht sterben . . .«
»Meinst du ich?«
»Warum sagst du dann so etwas?«
Carola schweigt.
Er starrt die Buchrücken im gegenüberstehenden Regal an, liest immer wieder die Titel: Fritz Walter – Seine größten Spiele; Uwe Seeler – Alle meine Tore; Kürten –

Fußballweltmeisterschaft 74; Fußball 1978; Sammy Drechsel – Elf Freunde müßt ihr sein . . .
»Wenn das stimmen würde . . .« Er schüttelt den Kopf.
»War wäre dann?«
»Es stimmt aber nicht«, sagt er beinahe trotzig.
»Was wolltest du sagen?«
Statt einer Antwort nimmt er Carola in die Arme.

21.

»Nun hör dir das an!« Herr Schreiber schlägt mit der flachen Hand gegen die Zeitung.
»Hast du mich jetzt erschreckt«, sagt seine Frau.
»Muß die Bevölkerung von B. evakuiert werden?« liest er laut.
»Was?!«
»Die neuesten Untersuchungen der entwichenen Stoffe haben ergeben, daß es sich dabei keineswegs um harmlose Substanzen handelt, wie bisher stets behauptet wurde.«
Er sieht seine Frau einen Augenblick an und liest weiter:
»Dr. Andreber, ein anerkannter Experte auf dem Gebiet der Toxikologie, vergleicht den Fall ACBA sogar mit der Katastrophe von Seveso im Jahre 1976. Damals starben bekanntlich mehrere Menschen nach einem Betriebsunfall in einem Chemiewerk. Bis heute leiden viele an den Folgen der Verseuchung. Die Zahl der Tot- und Fehlgeburten sowie der Mißbildungen bei Neugeborenen stieg in der verseuchten Region sprunghaft an. Deshalb fordert Dr. Andreber die sofortige Evakuierung aller Schwangeren, Kleinkinder und der Personen, die am meisten betroffen sind. Die Fabrik und die umliegenden Gebäude müssen seiner Meinung nach abgerissen, die verseuchte Erde abgetragen werden . . .«
»Das glaube ich nicht.«
»Du hörst es doch.«
»Das kann nicht sein.«
Er liest mit den Augen weiter.

»Das ist typisch! ›Die zuständigen Behörden waren bisher zu keiner Stellungnahme bereit. Wie wir jedoch aus gewöhnlich gut informierten Kreisen erfahren haben, wurden bereits Pläne zur Evakuierung und medizinischen Kontrolle der Bevölkerung ausgearbeitet.‹«
Seine Frau reißt ihm die Zeitung aus der Hand.
Er sinkt in seinem Stuhl zusammen und hält die Hände vors Gesicht.
»Das darf Carola auf keinen Fall erfahren«, sagt er plötzlich. »Wir müssen die Zeitung verstecken. Sofort!«
Er will sie seiner Frau wegnehmen.
»Warte, hier steht noch etwas. ›Das Bürgermeisteramt fordert alle schwangeren Frauen von B. auf, sich unverzüglich bei Dr. Karang im Kreiskrankenhaus zu melden.‹«
»Glaubst du es jetzt?«
»Das ist ja furchtbar.«
»Ich werde . . .« Er hört nach draußen. »Carola kommt, tu die Zeitung weg.«
Sie schiebt sie schnell hinter den Vorhang.
»Morgen.« Carolas Ausschlag ist noch schlimmer geworden.
Sie erschrecken, lassen sich aber nichts anmerken. »Guten Morgen«, antworten beide.
»Warum stehst du denn so früh auf, wenn du krank bist?« fragt die Mutter.
»Ich konnte nicht mehr schlafen.«
Carola setzt sich an ihren Platz, schaut zur Anrichte.
»Wo ist die Zeitung?«
»Die Zeitung?« Der Vater macht ein erstauntes Gesicht.

»Seit wann liest du Zeitung?«
»Seit etwas über mich drinstehen könnte.«
»Was soll denn über dich in der Zeitung stehen?«
»Ach, lassen wir's.« Carola steht auf. »Ist sie noch draußen?«
»Vorhin war der Briefkasten noch leer«, sagt der Vater.
Sie geht hinaus, kommt kurz darauf enttäuscht zurück.
»Komisch«, wundert sie sich, »um diese Zeit ist sie sonst immer da.«
»Vielleicht ist die Austrägerin krank.«
»Oder sie hat sich einfach verspätet.«
Carola sieht ihren Vater, dann ihre Mutter an.
»Was ist denn los mit euch?« fragt sie schließlich. »Irgendwas stimmt doch hier nicht.«
»Was soll denn nicht stimmen? Das bildest du dir nur ein.«
»Vati!«
»Wir machen uns eben Sorgen . . .«
Was steht heute in der Zeitung?«
Die Mutter hebt ihre Augenbrauen. »Wie kommst du . . .«
»Ihr könnt mir nichts vormachen, ich kenne euch zu gut.«
Ihre Eltern sehen sich an. Die Mutter zieht die Schultern hoch. »Der Unfall bei der ACBA war wohl doch schlimmer, als wir geglaubt haben«, sagt sie.
»Aber genau weiß es noch niemand«, versucht der Vater gleich abzuschwächen.
»Wo ist die Zeitung?«
Die Mutter greift hinter den Vorhang. »Hier.«

»Noch ist es nicht sicher.« Der Vater legt Carola seine Hand auf den Arm.
Sie beginnt zu lesen. Ihre Eltern sehen sie besorgt an. Doch Carola liest weiter, ohne eine Reaktion zu zeigen. Seit Tagen hat sie mit so etwas gerechnet!

Die Zeitungsberichte schlagen in B. wie eine Bombe ein. Innerhalb einer Stunde versammeln sich viele Menschen vor dem Rathaus. Noch bevor dort mit der Arbeit begonnen wird, sind es weit über tausend. Unter ihnen auch Carolas Vater.
Als der Bürgermeister zu Fuß die Marktstraße entlangkommt und die Menschenansammlung bemerkt, bleibt er einen Augenblick stehen, geht dann aber langsam weiter. Er wird mit Pfiffen und Pfuirufen empfangen.
Nur mit der Hilfe von zwei Polizisten gelingt es ihm, einen Weg durch die aufgebrachte Menge zu finden. Dabei muß er sich wüste Beschimpfungen anhören.
Auf der Rathaustreppe angekommen, ist er sichtlich erleichtert. Er zieht umständlich seine Krawatte zurecht.
»Meine lieben Mitbürgerinnen und Mitbürger«, sagt er dann. »Ich verstehe Ihre Besorgnis und Ungeduld, aber seien Sie versichert, daß wir alles tun, was in unseren Kräften steht . . .«
»Das ist anscheinend nicht sehr viel!« ruft ein Mann dazwischen und erntet damit Beifall.
»Noch heute werden die notwendigen Maßnahmen eingeleitet . . .«
»Was sind das für Maßnahmen?!«

»Stimmt das, was heute in der Zeitung steht?«
Der Bürgermeister sieht sich um. »Zeitungen schreiben viel Unsinn, das wissen wir doch alle. Bisher wurde noch nicht eindeutig festgestellt, welche Stoffe durch den bedauerlichen Unfall bei der ACBA ins Freie gelangt sind. Trotzdem wird das gesamte Betriebsgelände vorsorglich abgeriegelt; jeder Haushalt erhält eine Liste mit Hinweisen über richtiges und falsches Verhalten.«
»Sollen wir evakuiert werden?« wollen die Leute wissen.
Er hebt abwehrend die Hände. »Dazu besteht nach dem gegenwärtigen Stand der Untersuchungen noch kein Anlaß . . .«
»Sie lügen!« schreit Carolas Vater. »Alle lügen!« Mit zwei Sätzen springt er die Rathaustreppe hinauf, stürzt sich auf den Bürgermeister, packt ihn an seiner Jacke, schüttelt ihn und brüllt ihm ins Gesicht: »Sagen Sie die Wahrheit! Die Wahrheit oder es passiert etwas!« Bevor er zuschlagen kann, sind die beiden Polizisten da, halten ihn fest und zerren ihn ins Rathaus.

Zur gleichen Zeit läutet Rüdiger bei Schreibers. Carolas Mutter öffnet. Sie hat verweinte Augen.
»Morgen«, sagt Rüdiger. »Sie haben es schon gelesen; und Carola?«
»Auch.«
»Wo ist sie?«
»In ihrem Zimmer.«
Er stürmt an Carolas Mutter vorbei ins Haus und die Treppe hoch. »Carola!«
Sie springt auf und fällt ihm um den Hals.

Lange stehen sie so da.
»Ich komme mit ins Krankenhaus.«
»Ist gut.«
»Bist du fertig?«
»Sofort.«
Sie lassen den Wagen stehen und gehen zu Fuß. Carola will es so.
Im Wartezimmer von Doktor Karang ist nur noch ein Stuhl frei. Rüdiger gibt Carola zu verstehen, daß sie sich setzen soll. Sie schüttelt den Kopf. Nebeneinander lehnen sie sich an ein Stück freie Wand, dicht bei der Tür. Es kommen noch mehr Frauen, die meisten sind allein. Fast alle haben verweinte Augen und gerötete Gesichter. Bei einigen sind deutlich die Ausschläge zu sehen. Auch dick aufgetragenes Make up kann nicht alles verdecken. Kein Wort wird gesprochen. Die Stille wird nur hin und wieder durch ein Schneuzen unterbrochen. Bis plötzlich eine der Frauen sich nicht mehr beherrschen kann, ihren Tränen und ihrer ohnmächtigen Wut freien Lauf läßt.
»Seit mehr als einer halben Stunde sitzen wir jetzt hier, und nichts rührt sich. Die tun mit uns, was sie wollen, machen uns und unsere Kinder krank, und wir sitzen da wie Opferlämmer.«
In dem Raum entsteht Unruhe.
»Ich habe sieben Jahre auf ein Kind gewartet . . .« Sie ist nicht in der Lage weiterzusprechen.
Die Frau neben ihr legt den Arm um sie.
»Sieben Jahre . . . ich will mein Kind . . . ich lasse es mir nicht nehmen!« Sie steht auf und klopft energisch gegen die Sprechzimmertür.

»Ja bitte«, hört man eine Stimme rufen.
Sie geht halb hinein, wiederholt, was sie eben gesagt hat und ruft zum Schluß: »Ich will jetzt endlich genau Bescheid wissen, und zwar ohne Ausflüchte!«
»Wir auch!«
»Der Herr Doktor ist schon unterwegs«, sagt die Sprechstundenhilfe in das Wartezimmer, um die Frauen zu beruhigen. »Er muß jeden Moment hier sein.«
»Wir lassen uns nicht mehr vertrösten, merken Sie sich das!«
»Ich kann doch nichts dafür«, entschuldigt sie sich.
»Das ist uns egal!«
Es dauert noch weitere zwanzig Minuten bis Doktor Karang mit seinen Mitarbeitern erscheint.
Ruckartig zieht er die Sprechzimmertür auf. »Guten Morgen. Ich höre, Sie sind schon ungeduldig. Das kann ich verstehen, aber Sie müssen bedenken, daß ich außer Ihnen heute morgen noch eine ganze Reihe anderer Patienten untersuchen und versorgen muß.« Er redet so schnell, daß niemand zu Wort kommt. »Um es kurz zu machen: Diejenigen von Ihnen, die mindestens im vierten Monat schwanger sind, gehen mit meinem Kollegen nach nebenan. Der wird Ihnen dort alles Weitere erklären.«
Mehr als die Hälfte der Frauen folgen dem jungen Arzt.
»So«, sagt Doktor Karang erleichtert, als sie draußen sind, »und von Ihnen muß ich jetzt wissen, wer sich an dem betreffenden Abend, als der Unfall passierte, im Freien aufhielt.«
Carola und drei weitere Frauen melden sich.

»Ich weiß es nicht mehr genau«, sagt eine achselzukkend.
Doktor Karang macht ein paar Schritte auf sie zu, bückt sich, prüft ihre Hand und hebt ihr Kinn hoch. »Sie waren ganz sicher nicht im Freien.«
»Bis auf Sie vier«, sagt er, auf Carola und die drei anderen Frauen deutend, die sich gemeldet haben, »gehen alle mit Schwester Irmgard. Sie wird Ihr Blut und Ihren Urin untersuchen. Anschließend kommen Sie wieder hierher und warten, bis Sie aufgerufen werden.«
Die Angesprochenen erheben sich.
»Sie können nicht mitgehen«, sagt er zu zwei Männern, »Sie müssen hier warten.«
Ohne zu fragen oder zu widersprechen setzen sie sich.
Eine Frau bleibt vor Doktor Karang stehen: »Ich wollte eigentlich . . .«
»Ist noch etwas unklar?« fällt er ihr ins Wort und erstickt damit ihre Stimme.
Sie geht hinter den anderen hinaus.
»Einen Moment noch«, sagt er zu Carola und den drei Frauen, »ich muß noch schnell telefonieren.«
Wenig später wird die erste ins Sprechzimmer gerufen.
Es dauert lange.
Carola und Rüdiger flüstern.
Die anderen verstecken sich hinter Zeitschriften.
»Nein, das mache ich nicht!« hört man die Stimme der Frau. Im gleichen Augenblick wird die Tür aufgerissen.
»Ich nicht, niemals!«
»So hören Sie doch!«
Sie läuft aus dem Wartezimmer, ohne sich umzudrehen.

Doktor Karang steht in der Tür, die Arme hängen weit an ihm herunter. Wie verwandelt sieht er aus. Nichts ist mehr zu sehen von der Sicherheit und Stärke, die er noch vor einigen Minuten gezeigt hat.
Er sieht die Wartenden an. »Wer kommt jetzt?«
Carola und Rüdiger sind an der Reihe.
»Bitte, nehmen Sie Platz.«
Er setzt sich hinter seinen breiten Schreibtisch, nimmt die Brille ab und reibt sich mit Daumen und Zeigefinger von außen nach innen über Augen und Nasenwurzel.
»Entschuldigen Sie.«
Müde wirkt er und viel älter als vorhin.
»Wie ist Ihr Name?«
»Carola Schreiber.«
»Und das ist Ihr . . .« Er stockt.
»Mein Freund.«
»Sie waren also an dem betreffenden Abend im Freien.«
Beide nicken.
»Erzählen Sie mal.«
Sie erzählen. Geben sich Mühe, nichts zu vergessen, korrigieren und ergänzen einander.
Doktor Karang macht sich Notizen.
»Habe ich Sie richtig verstanden, Sie arbeiten bei der ACBA?«
»Ja.«
»Also, ich will ehrlich zu Ihnen sein. Es hat ja keinen Sinn, wenn ich Ihnen etwas vormache. Dadurch wird die Sache nicht besser, im Gegenteil.« Es fällt ihm sichtlich schwer, zur Sache zu kommen. »Nach dem, was Sie gesagt haben, liegt die Vermutung sehr nahe, daß Ihr

Kind mit dem Giftstoff in Berührung gekommen ist und einen Schaden davontragen kann.«

»Sie sagen, daß Sie das vermuten.«

»Mit letzter Sicherheit läßt sich das natürlich nicht vorhersagen. Aber die Auswirkungen ähnlicher Vorfälle weisen darauf hin. Ich nehme an, Sie haben heute morgen den Artikel in der Zeitung gelesen. Was da über die Folgen von Seveso geschrieben wird, ist nicht übertrieben. Und das Gift, das bei der ACBA entwichen ist – soviel läßt sich inzwischen mit großer Wahrscheinlichkeit sagen –, ist dem Sevesogift vergleichbar.

Erschwerend kommt bei Ihnen noch hinzu, daß die besonders kritische Phase für Teratogenese, das heißt für die Wirkung von Schadstoffen, die zu Mißbildungen oder zum Fruchttod führen kann, zwischen dem zwanzigsten und fünfzigsten Schwangerschaftstag liegt. Und Sie befinden sich in dieser Phase, wie Sie vorhin gesagt haben.«

Carola und Rüdiger sehen sich an. Sie bringen keinen Ton heraus. Doktor Karang spricht schnell weiter: »Bevor ich Genaueres auch über Ihren Zustand sagen kann, müssen wir Sie jedoch noch gründlich untersuchen. Aber die Schwangerschaft sollten Sie auf jeden Fall unterbrechen. Tut mir leid, daß ich Ihnen das sagen muß.«

»Und wenn wir das nicht tun?«

»Ich kann Sie natürlich nicht zwingen, niemand kann Sie dazu zwingen. Ich kann Ihnen nur raten, es zu tun. In Ihrem Interesse und vor allem im Interesse des ungeborenen Wesens. Sie sind ja noch jung.« Er versucht zu lächeln. »Werden Sie beide erst mal selbst wieder gesund.«

Doktor Karang steht auf. »Überschlafen Sie die Sache und überlegen Sie . . .«
»Ja aber, man kann doch nicht . . .« Rüdiger weiß nicht mehr weiter.
Carola geht zur Tür, sehr langsam und steif. Rüdiger folgt ihr, doch seine Augen können sich kaum von Doktor Karang lösen.

22.

Hand in Hand verlassen Carola und Rüdiger das Krankenhaus.
Hand in Hand gehen sie durch die Straßen.
Vorbei an vollen Schaufenstern und leeren Menschen.
Vorbei an schreienden Werbeplakaten, an Freiheit, Jugend, Schönheit und Glück.
Zurück.
Zurück nach Hause.
Im Gleichschritt.
Rüdiger macht extra kleine Schritte.
Sie werden angerempelt.
Sie bemerken es kaum.
Jemand winkt ihnen.
Sie sehen es nicht.
An der Fußgängerampel warten Leute auf Grün.
»Ich hab dich sehr lieb.«
»Ich dich auch.«
Sie küssen sich.
Die Ampel schaltet auf Grün.

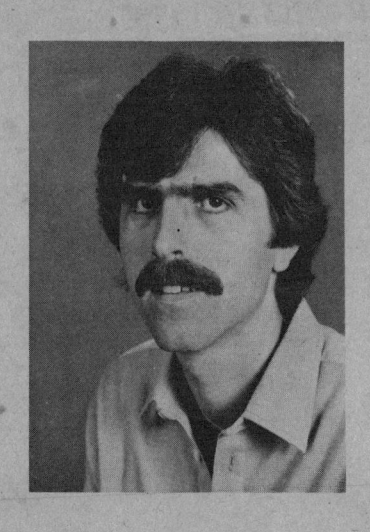

Manfred Mai (er)

Geboren 1949 in einem Dorf auf der Schwäbischen Alb. Nach einer Malerlehre und drei Jahren Fabrikarbeit machte er über den zweiten Bildungsweg die Hochschulreife und studierte Pädagogik. Zur Zeit arbeitet er als Lehrer an einer Realschule. Veröffentlichte bisher Gedichte und Geschichten für Kinder und Jugendliche in Anthologien und ist Herausgeber des im Spectrum Verlag erschienenen Buches »Keine Angst vor der Angst«, und Autor des Buches ». . . und brennt wie Feuer«, sowie der Gedichtbände »Suchmeldung« und »Do kaasch nemme«.

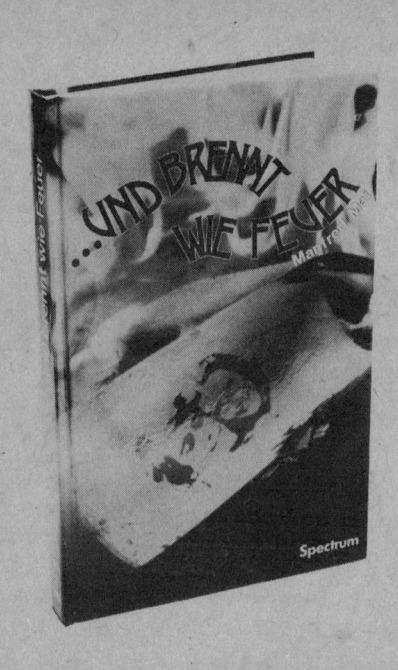

MANFRED MAI
»... UND BRENNT
WIE FEUER«

120 Seiten
Format 14 × 21 cm
Einbandgestaltung von
Brigitte Abt-Harrer

Da ist Karin, 16 Jahre alt, und ein Mädchen wie andere auch. Ihre Welt ist heil, keine Nachricht, auch Schlagzeilen vom Bösen nicht, ändern daran etwas. Und da ist Gebhard, den sein Vater einen Versager nennt, weil er in der Schule nicht die gewünschten Leistungen bringt, und den liebt Karin sehr.
Dennoch ist dies keine gewöhnliche Liebesgeschichte, sondern ein Versuch, aufzuzeigen, daß bequemes »gedankenloses« Dahinleben im privaten Glück von Ereignissen zerstört werden kann, die man immer nur als Geschichten anderer wahrnahm. So muß Karin hier die Erfahrung machen, daß aktuelle Handlungen und bestehende Zustände nur dann begriffen werden können, wenn man sich mit vorausgegangenen Handlungen und Zuständen auseinandersetzt.

Lesealter ab 12 Jahren

ISBN 3-7976-1336-9

KEINE ANGST VOR DER ANGST
Herausgegeben von Manfred Mai

108 Seiten
Format 19 × 23 cm
auf Packpapier gedruckt
Einbandgestaltung Aiga Rasch

Wenn man Angst hat, werden aus Mücken schnell Elefanten.
Das geht uns allen so, egal, ob wir 4, 14 oder 40 Jahre alt sind. Denn Angst – mit all ihren Begleiterscheinungen – ist etwas sehr Menschliches.
Und doch wird man von vielen Menschen ausgelacht, verspottet oder gehänselt, wenn man seine Angst zugibt. Dabei gehört oft sehr viel Mut dazu, sich selbst und anderen seine Angst einzugestehen.
Die Geschichten dieses Buches wollen Kindern und Erwachsenen helfen, in dieser Hinsicht etwas mutiger zu werden.

Mit Beiträgen von folgenden Autoren:
Astrid Arz, Ingrid Bachér, Lisa-Marie Blum, Wolfgang Buresch, Volker W. Degener, Roswitha Fröhlich, Wolfgang Gabel, Ingeburg Kanstein, Michael Klaus, Klaus Kordon, Richart Limpert, Paul Maar, Manfred Mai, Otti Pfeiffer, Frieder Stöckle, Renate Welsh, Irmela Wendt.

Drucksache Band 11
Lesealter ab 12 Jahre

ISBN 3-7976-1337-7

MANFRED MAI
SUCHMELDUNG

Gedichte zum Anfassen

116 Seiten
Format 10 × 20 cm
auf Packpapier gedruckt
(Spiralbindung)

Dieser Gedichtband ist nicht dazu geeignet, in ein Regal gestellt zu werden und dort zu verstauben. Nur durch den täglichen Gebrauch erreicht der Drucksachen-Sonderband die gewünschte Wirkung.
Allerdings ist das Anfassen der Gedichte nicht ganz ungefährlich, weil sie Stacheln haben, die durch dicke Wohlstandsschutzschichten dringen.
Wer aber behutsam mit ihnen umgeht, der kann manche Anstöße erhalten.

Für Jugendliche und Erwachsene
Drucksachen-Sonderband

ISBN 3-7976-1340-7